海鹽縣史志辦公室
海鹽縣檔案局
影印

澉水志四種

澉水新志

下

〔清〕方溶 纂

西泠印社出版社

文

良準大法師傳　　失名

良準大師法喜之神僧也不知何許人失其姓族世系及出塵入道禮師授度年代時處或以良準稱之蓋其形迹隱顯不常疑爲聖賢之應化者焉謹按經幢石刻大中十四年庚辰咸通五年甲申俱有老宿良準題名復考景祐重修寺碑云異人間出有如良準業四分律慧行精通併參諸武原圖誌所載陸伯鎮之言司空曙之詩若合符矣塔在寺之東廊距殿五十步飛鳥不棲遊塵勿立時時舍利放光現瑞宣和四年王春正月欲啓塔亭遷就西廡靈像袈裟騰掣遠去光怪燁煜貫穿戶牖衆懼祈誦方復如初然是寺也歷祀寖邈無所稽證創於蕭梁以前莫究始名修於大同之間錫號廣福楊隋踐祚更名延福武唐天授勑置通元祥符改元始賜今額紹興紀歷肇成禪苑遺老相傳舊爲房院僧尼混止外觀侮焉政和歲閏有鄉媼持旛入施命僧掛揚僧索金錢媼怫而去至橋之西覩一窮衲貿貿然來詣其吝心媼卽實告蹙額同歸忽引長臂高踰刹表懸所施旛飄颺天半媼大震讋修齋懺愆時會暑炎艱於往涉僧乃取衣擲布虛空變作蓋雲蔭被歸路遄覓是僧不見其處斯則準之出神以護教也逮今泥龕塑像作爲擲衣之勢以旌厥異淳祐甲辰仲夏既望寮堵流暉彌月竟夜姜氏子南苦風痺疾準爲示夢授以藥丸夢中服之痼卽隨愈喜捐橐金奐新祠貌大德七年一女比邱拜瞻堂下靡撫相輪獲設利羅五色交晶四衆肅觀僉讚靈貺若夫平居暇日示眞闡幻尤多或踔踔伽梨而婆娑殿庭或繞旋絕頂而玩弄神機雖史失其書寺泯其記而鄉原老儒稱道頌述猶咄咄然不離口也吾佛滅度以來大法東漸得道聖師未容概數知梁寶誌唐萬迴輩皆以神機列名靑史較之準之遺事大率頗亦相類而乃僻墮海陬至篾沒無聞庸可惜哉讚曰先佛有言賢聖應身化度有情散入諸趣現行同事愼

毋題異輕泄密因唯除命終陰有遺付今觀良準奇蹤偉蹟潛德祕行近似聖賢然生不知其所自來死不聞其所遺付嚴持一種身語秘密三昧超於聖賢境量遠矣大德九年結制日立石

勅賜覺林禪寺記　　呂原

嘉禾地多夷曠無山金剎寶坊往往闤闠中櫛建而屬邑海鹽之南可二十里有豐山焉秦駐屏於左秦溪帶於右其地最爲幽深而無市井之囂元至正甲午歲浮圖師楚石琦公過而愛之剏庵於山麓名曰覺林皇明洪武初琦公即世繼席者敬中純公用愚哲公經營綜理增其規制宣德戊申哲公既逝住持虛席而庵之廉隅摧毀圖像崩墜者過半衆以靈隱書記如性覺軒行端望隆薦補其處覺軒涖事毅然以興修爲己任乃裒衆施益以己槖市材諏日召匠僦傭首成大佛寶殿次建山門樹法堂崇佛閣及新藏殿夾廡庫庾齋庖湢圊靡不以次就緒而佛菩薩阿羅漢以至護法天王之儀設皆雕塑藻繪如式妥

奉而又鑄大鐘搆樓懸焉與凡法所當有以供佛飯僧儀物器用無一不備以宣德甲寅二月二十一日興役至天順戊寅十月初十日厥功告成然後規制大備輪奐一新視昔大不侔矣皇上光復大寶畢舉庶務覺軒請於朝賜額覺林禪寺因舊名也實天順二年三月二十有三日焉由是豐山之建始得自爲一大剎矣覺軒以沿革始末非有登載則來者莫知所自爰礱石遣其徒走京師求予記之嗟乎天下之事成壞雖因於數而廢興則由乎人今覺林之得覺軒其興其成殆亦數之遭遇也耶矧夫化小爲大變舊爲新而壯麗顯敞倍勝於昔者豈不以琦公啓於始純公哲公克繼於中而又有覺軒克成厥終故爾乎由茲以往念剏始之艱是迓是續以扶植教基於無窮者誠在後之人庸備述之俾刻石昭示焉而能協心贊襄者同倫如修其徒文學文晉文給善壽而施者皆時之著姓則人所共知茲不復贅時天順三年歲在己卯春三月上吉日賜進士及第奉政大夫翰林院學士兼修國史秀水逢原呂原撰

小瀛洲十老詩序　　　　徐咸

嘉靖壬寅四月之望予舉社會於小瀛洲之時賞軒維時靈雨初霽凱風自南欄藥翻紅林篁挺秀黃鸝載鳴於深樹紫燕偶語於重檐物情咸忻衣冠萃止鐘鼓既設獻酬乃行童子歌鹿鳴伐木之章繼之以南山有臺之什四美具而二難并三壽朋而五福介盟中可久事續香山維我西村淸醇溫粹齒德俱尊東畬恭儉循良喬梓濟美豐崖多聞直諒枳棘鸞棲南溪履道純誠薇垣鳳翥勾溪淸修固守吟步少陵古崖慷慨賦歸與侔陶令海村敦詩說禮志樂林泉西皐邃學壯猷道存經濟石林靜崇釋典鴉有儒風予則志在齊賢躬藉寡過皆荷朝家之作養樂王道之平康仕無愧乎軒裳隱有光於邱壑者也墨山陳子詢式瞻勝美爰付丹青冠服差殊意態維肖竚立相語者爲西村豐崖西皐聚首閱卷者爲東畬南溪勾溪挾童過橋者爲海村欲行且止者爲古崖坐以待奕者爲石林及予也東濱歸叟徐咸識

澉浦詩話云小瀛洲十老社者皆名人也澉之古崖先生與焉古崖姓陳諱瀛

醫靈祠吳眞人碑記　　刑部員外郎　沈友儒　子輿

嘉靖甲寅歲倭夷猝至澉城東門睥睨省會意尙猶豫乃入醫靈祠禱於神先是城中戒嚴可給以挫其鋒示之吉卜賊因薄城將士擊却之賊不得逞而恚縱火焚祠火不能然遂駭去是時入城避者以萬數衆心搖搖使賊趣城下氣不沮衂闞我虛實且守且攻以老我師安免叵測計不出此詎非神褫其魄歟賊豕突鯨奔乘銳而犯居民竄易不及荼毒更劇幸牽制遲疑旋得遷避神之賜也神早授邑人丁義符水療疾大行於吳晉間嗣以授旌陽誅蛇斬蛟拯危祛害益衍慶澤其反風濟舟顲天活慶晝水渡江於人爲奇於神爲細惟懼蛟噬親寍不去己手不爲驅王敦稱兵一木破天之夢首以未字爲解折其逆謀非篤忠孝者乎神名猛吳其姓字世雲豫章武寍人宋政和二年封神烈眞人

開禧三年澉人孟毅感夢始於青山王家畈西建殿崇奉迄今靈貺益彰福善禍淫之心豈以地與時而間哉雖然昔人謂屯守不於其安則勞師潰財於非所用武之地又謂善用險者常使險在我而不在敵澉懸絶海岸浙西屏蔽也倭一葦之杭抵城直數百步此其要爲何如哉吾兵控扼於茲不特瀕海一方可保而殺勢聯絡省會亦藉無虞若空城餌冠萬一入劇其患可勝言耶許諫議雲村先生曩在圍城上書中丞胡公增兵固守恃以寍謐而居安慮危備之在豫可終徼福於神乎雲村仲子星石暨孫茶山業進士間從予遊願鐫斯言於石意有在矣然則膺干城之寄者尚念茲哉

法喜寺修造記　許相卿 雲村

維明嘉靖三十五年冬海鹽秦溪之法喜寺修造工訖僧戒桐籍其往事近蹟而來請記其成茲地之有寺舊矣創於梁也傳聞無徵已唐宋賜額者再南宋修復者再斷碣仆幢蘚書猶隱隱也暨觀楊幼度淳祐甲辰紀石寺嘗大備矣

教者如其徒治其居致志強力持之克終以必復其始者之難其人耶吾故究佛氏興壞之端而幷識予之所感焉

養浩齋銘有序　許相卿

秦谿黃翁汝溫生作起家課諸子經咸有專業晚復名其燕居所曰養浩之齋翁沒若干年翁之孫三錫好文而與予游間請予言以詔後人俾毋忘先懿則爲之銘銘曰

盈天地間夫孰非氣曷主張是惟一理懿民受以生同體罔貳惟習斯牿惟欲斯昧理日澌盡氣斯餒而如卒無帥橫潰莫司聖賢之學立志爲始義集有恆理全氣裕充塞兩間浩然無涘洵美黃翁好古遠慕養浩顏齋弗阻遲暮亞聖之養勿忘勿助遺訓炳如具存節度後昆繼志遙遙上遡

雲岫庵記　沈友儒

武原南陽山雲岫庵成釋明堅屬其徒眞虔徵記曰南陽雄峙海隅下瞰南湖

雲聚卽雨古額有庵因名雲岫且林木鬱葱有鳥翔集項者鶯篥庵肇於宋建隆間崇奉觀音大士有祈輒應宏慈普濟大衆皈依頻圮而治平元年復興迨我皇明天順八年毁於兵燹成化八年鼎新正德六年廢辛未歲孟春邑人許懋慨然謂庵創於我氏之先茲當力復之於是延師廣募懋率宗門之（子）姓翺德憒信天秩天叙天程捨山五畝比邱劉眞廣薛眞海各置山五畝占籍屠茹里山極險峻木石諸費虔與眞會眞理眞宏眞慈如正如勝性靜性誠重繭上輸悟空寺僧淨源海山等亦爲樂助建立佛殿前後共六間四披左右齋堂禪堂如之匝歲訖工仍奉觀音大士昕夕焚修祝聖壽於萬年祈海宇之宖謐又曰鎭茲二梵之福實藉一方望族而具大根莖堪任發菩提芽者龍川孫步溟董秋門徐霖川陳星石許心泉董少岳項駕山陸懷竹于諸英達襄者尤不可沒也願丏一言證明勒石貽後幸莫大焉予自庚午春憶貝淸江紀是山之勝偕董南橋登覽徘徊謂必有高僧卓錫莊嚴菩薩像翬飛岌立於雲烟紫翠中不

意轉瞬果符吾言斯明堅之賢足多矣奚忍拒耶是庵素奉觀音而明堅當年杭之百法寺有戒行焉緇衣所歸請譯觀音之義與戒之益可乎昔眞西山以觀音圓通爲寓音作一轉語以利欲爇心爲火坑以貪愛湛溺爲苦源一淸淨烈焰可以成池一警省覺船可以抵岸辭約旨該誠入佛之梯磴也味其語意而寓言所以警世祈福不有出於法輪蓮炬之外者乎抑宋何向對文帝曰百家之鄉十人奉戒則百家愼千室之邑百人奉戒則千室善由此推之天下不猶是夫浮屠氏體大士之義而垂其戒以廣教冥翊化理亦博矣將與山並大厥功可俾蔑沒也哉明堅號無懷蘇州府長洲人眞虔仁和人淸江名瓊崇德人居夂山洪武初佐成均有集行世

白鶴園記　　馮皐謨

余謝粤中事歸爲園管山繞山植松篁檜柏結屋二楹左右雜蒔花卉日携書諷詠其中二鶴翩翻舞弄甚適因以名園而自稱白鶴園主人云余衰年意興

盡屬之玆園前通水屈曲環流栽菱芡芙蕖門列佳樹數行編槿籬入門爲藥欄竹塢揉栢爲亭設石几可奕前二十武夷直可壺名其亭壺觴處西穿竹徑宛委爲庖湢梅李桃杏郁茂而蕃東爲飲所曰浮白軒軒南累石爲山中開三洞窈窕斂谿夏涼冬燠攀蘿躡級延佇山巓村落綢繆原田萬頃秦駐金粟紫雲諸山悉來獻翠下憩小亭四座皆山東循牆而轉樹木葳蕤又進爲太白居居臨石屏嵂崒壁削旁兩室斗大一貯丹經道籙一置龕牀余日面壁跏趺瞑坐間取證諸書爲養生助迤西爲白雲阿余生壙處余間舉酒屬客笑而指曰吾以異日跨白鶴而遊壙垠之野宅玆元邱之宮其將尋我於深松茂栢耶抑飛鳴而過者我耶客大笑曰公善說幻亟爲樂無負玆園

重建海門禪寺碑記

貴州道監察御史星石許聞造撰

鄉進士邏南錢與映篆

粵稽輿圖東南稱海國而浙之鹽官南道有澉水鎮我明興設爲澉浦所而城守之帶海礪山兩湖朝會誠扼要爭奇之地也時有僧從東南來名則天眞世所稱沙門活佛也者量度形勢構如來寶殿以鎮壓孤城而大悲閣起焉兩殿當前廊廡環繞層層疊疊聳翠冲霄眞世所希覯屹然海上名山哉而東南稱最勝矣及徒景南宗福請旨勅賜海門禪寺則是寺也

朝廷萬禩香火豈直保障一助耶厥後隨圮隨修代不乏人隆慶初傾頹更甚寺僧守德當事而不敢聽遍訪雲游大量禪僧迎之修復首得善士康謨子康槐捐貲領袖而吳莊陳份楊鴻等則秉公募財以助之另有錢氏徐氏兩夫人繪飾佛像一新莊嚴而殿閣內外煥然如再顧地極邊海風濤衝擊者歲常數四迨萬歷二十年間颶風大作棟宇折摧間架傾倒岌岌乎令人凜懼而不敢投足即素號良匠莫可措手幸地運復興神靈顯赫善士心泉朱文才大發菩提率僧守恩而重修之其致仕兩川余騰蛟懷山孫相仰葵郎舜賢小泉吳電

濱溪祝蘭等亦虔心募化協助興工其經營劈畫增損機宜令毀者完仆者起而雄固新麗較前蓋什伯焉則獨朱善士巧心妙算若有神運而鬼輸者豈在公輸下哉此眞功德之隆蓋不啻百金之費也猗歟休哉邇來習俗更淳民風加樸椎魯者智桓桓者文而挺然儒林之士尤彬彬焉豈非地愈靈而人愈傑哉則其扶持培埴之功將誰屬也丁酉歲功訖守德徒雲科議置膳田康槐朱文才朱文彥皆以資助共成膏腴六畝以供焚修守恩起造方丈兩者誠爲美舉慮弗世守置之碑銘勒爲永戒後雖零丁無倚毋起妄心以隳先業以致神誅若里遞藉口徭役霸佔侵欺則有三尺之法在而彼蒼弗佑矣愼之哉

萬歷丁酉歲仲秋既望　本山僧守德立

重建金粟山寺記　樊維城

世界建立總是因緣因緣之來不可思議初發一念累刼不忘念念若未終塵塵相續猶木伐盡但有根存來歲復生枝葉必肖又如行路未抵前途今夕雖休

明當復往故教所銓謂之願力既堅所願業用是長諸業之中淨業第一淨則俱淨不揀有爲果雖人天報同尊勝從古奇特非止一端平等南庵位躋將相文人彥士高爵膴榮方册所書不可枚舉由茲世俗實信神通正法雖衰持以不墜當其不念諸佛寂然念若圓成佛借其力有如果熟其香自飄香雖借風風無香故人念亦再具足衆靈佛雖不來業能使現祿位名壽倏爾變遷珠殿花宮空中湧出拈一莖草建刹已完布法掩泥非圖作佛因非爲果果自同因幻卽爲眞眞原歸幻不得斷滅妄謂之無不得揣摩妄擬因想當知實有不似凡夫縱是原無豈參二乘百年一夢幾夢至今夢在夢中豈得爲夢傭人願鬻己作使君此念滿時報宜遽畢吾謂子穀信報信僧僧自何來無端示夢夢僧之語誰識其眞再悟眞僧恍然如夢十有四載旦暮不殊雖百四十宜忘福報是故子穀此願益殷不爲報與猶虞報盡宰官居士爰及沙門隨喜見聞咸來普施尙云氣類偶會行檀大士行眞屢垂神異救護子穀及梁下人誰布地金

急招舟子誰憂天澤急語遮寒當由願中有此等等吾謂子穀勿疑前生三世剎那剎那三世譬我昨食至晚不饑吾今恐饑還須作食日復一日以塞饑瘡莫憚其勞而止不作子穀廢箸得飽有期宏願既圓美報伊始當持此願直盡未來意口及身無有疲猒我觀此寺肇自康師後數千年放毫光相是故子穀亦攝彼光能以文章入禪觀地又觀寺額實表淨名示有妻子而不染著是故子穀此義亦知能以衣畚作伊蒲供吾謂子穀吾不妄言據子所稱而爲之記

昔天啓三年歲次癸亥長夏小暑之吉眞丹居士樊維城撰

新葺谷水吳越王廟記

吳蕃昌 仲木

谷水東海之支水也其流環山而入間畦而出羣峯之秀鬱焉宜爲漱流枕阜者所適居也比者大興頹傾區夏紛沸山海之隅征檣戍堠上下碁設舉目愴然西矚吳山東聆越水作而嘆曰嗟乎安得賢者一旦樂有此土而使吾黨鉏鍤遂無恙乎父老曰昔之人已有思之者故濱西海鄰湖流有錢武肅王鏐廟

在焉考王受命於唐乾寗二年其孫歸命於宋太平興國三年初封吳王再封越王三封吳越國王鎭臨安者百餘歲拔棘剗寢閱吏施刑所以爲一方高枕計者良久其時谷水之人三四世行不必選日居不必設門擁耜鎛靡以暇日聚談中原戰鬬之事如觀獅兔以彼怒慘供我憙叫誠不知有身親之爲創也非忍也其遇厚幸哉夫人生不逢亂離何知承平之懽不經大亂又何知偏安之適今吾所遭禍亂方沸雖有膢臘社會誰能長與父老兄弟載酒捧脯登王之廟歲或一至焉知其事者則擊額出涕曰王哉王哉可復生否退而分坐舉餕蓋不能終觴而醉已歌且相泣也寗不悲夫廟僧某者欲俟鏑鍔之隙稍稍爲王葺故廟且治廟後地事佛及文昌武安可與王共長久者若干椽謀父老父老曰昔谷水之人立廟思王於太平之後喜也今谷水之人葺廟思王於奔蹶之際悲也喜不若悲之易感而能觸也人不猒其勸無何廟工成請予題歲月于石因詳其地與感葺之意

鳳嶺亭記

吳蕃昌

秀州無溪山有者皆聚於武原之澉未嘗奧邃特具湛秀環海灌湖可三十里而廣嘗傳靑田劉先生過而嘆之曰此繇天目渡海以來天下奇山第二枝所歸也共數之百有餘峯分視之約有三境一爲湖尊高陽山爲羣山之長鷹窠雞籠荊虎之屬如羣從之圍繞中養千畝泉亦箕然亦網然一爲海號秦望者之半跨海欲涉麓沿爲塘日出於頂雲迷其足靑者檣者牽以環之一爲谿其長六里皆列山爲屏繇舟入郭水道如線溪之北泊櫓最峙谿之南翔爲鳳凰首翼具動狀迴顧湘墅供飲啄焉蓋三境者羣秀衆美迴踞於水層峻邐擊相與倚伏乍細乍圓可續可裂遊人數武而改其目得其一不知有它幼負山中薪賣者至老未能數其勝四方之人知有澉而來者行赴湖上必經鳳凰山山有嶺數丈而平堪且枕臥憑石而坐披草劚木西可以望湖自高陽以下諸峰指點盡之東觀潮則秦山以至海外翠黛差池供極目焉北視卽爲六里溪鼓

舟而行者出入橋岸眉髮照映如在其掌予嘗登此喜而叫曰是足以略盡澉之勝已乎樵者應曰行將亭之無何或施力或鳩錙或肖佛居之左右伸一椽樹竹搖綴與山水益生發土人皆樂其成屬予爲記夫以一席地收擷諸秀者計得矣且自有浮屠土木之事豈眞其鬼能感動之哉亦存乎人情歡樂肯爲耳屬者荒殣積年所兵鏑遍鄉谷城闕寺刹一切圮廢而此山尺地聊復布置與閒散之士評論泉岫是卽山川之祥也酬山川之祥擷湖海之勝志人情之暇於是三宜乃書而載諸石

鷹窠頂觀日月幷升記

黃宗羲 梨洲

鷹窠瀕海之山也名雲岫每當十月之朔五更候之日與月並升相傳以爲故事丙辰歲余在海昌許使君約之往觀九月晦日余與邵蓼三仇滄柱陳彝中同舟至袁花時已薄暮輿行二十里斜陽紅葉裝點村落如畫登山昏黑使君遲之寺中查二南馬次眞許稚圭許欲爾朱人遠皆在遠近來觀者踰數百人

主僧言住此數十年來僅一逢之其初紅者上升已而白痕一抹出於紅內始分爲二余曰此山故事原是並升不是日月合璧也不知土人何緣錯誤蓋合璧則日食矣如僧所言是日食也當在庚戌歲此月合朔於卯末交周六宮一十度入食限但謂白在內紅在外則視之欠審在外之紅乃是日光溢出也五鼓來觀者皆起雲隙猶漏疎星明燭出寺屐巉岩而候未幾雨色空濛徘徊不能遽下東方既白乃已或曰數十年一見再見何天郎氣淸之難得也余曰雲氣所遮不過一端夫日月同行由於合朔合朔在寅以前同行在地下而不可見合朔在卯以後日光逼月雖同行天上亦不可見惟寅卯之間則合朔之分秒當日出之分秒乃可見耳或曰海濱之山多矣何以必鷹窠也曰是也大洋之中可以觀同升者何限非人所習見漁工水師雖知而不能言世所以不傳也或曰若此則每月合朔皆可以見何必十月乎曰亦爲鷹窠言之也十月合朔大暑亢氐之間東方之宿也此山南面多有遮蔽惟當亢氐一隅空曠値海

若是餘月則合朔於他宿在遮蔽之處矣海中大洋每月皆可見之固不必十月也使君曰始以不得見爲欠事聞先生一言固勝於一見也

秦駐望海賦并序　陳元禮

夫鹽爲小邑海號巨觀石塘亘乎南北千丈如銀秦嶺峙於西南萬尋若翠登斯峻巘矚彼大洋其爲壯覽誠非他境所得侔也猥蒙授簡辱委抽思謹惟雅命之式臨慚乏姸辭之敢騁厠從蠡測仰質鴻裁辭曰

粤稽神禹奏功厥惟會同量宏涵納義大朝宗接扶桑而靡極屬暘谷而無窮若我馬嗥陋邑實處其東微乎彈丸藐於蟻封分版圖於越境藉作鎭於秦峰乃有大人先生擴澄淸之懷勤采風之駕攬名勝於高深報治平而多暇於是登絕巘臨滄溟騁游目縱娛情問當年之馳道第見夫石仄之與沙平爰慨然歎曰此嬴氏祖龍駐蹕處也緬夫赭鞭走石疊石爲梁求長生於三島渺仙瀛於一航方士跡杳美人祠荒空巖花落危壁莽蒼悠遐睇於析木快遙想乎滄

桑洪濤汗漫萬里無際駭浪奔傾十洲在眥方春雨之初晴逞游觀之極詣攬於越之山明探有吳之形勢夫其龍藏蛟門雪涌雷奔白波夜照紫瀾朝暾播宏音於鼉鼓起疾湍於鯨吞眸炫星河若覆心驚日月如翻撼浮地軸漱入天根界長空以一線側倒景而無痕斯放矚之大概猶未盡夫瞻言若乃吐納殊觀晦明異色罟師漁子早晚出入鱗族無分於巨微惟錯信乎其不測魚目射波而成紅鰲身映天而爲黑視四瀆等渠流閱百川如溝洫望之有若喜者三光揚采萬色呈鮮雲錦散文於沙際霞綃流燦於洲前儼當時翠華之擁長駕陽侯來朝於紫烟望之有若怒者聲隊白晝氣結青陽鼉望風而若吼龍非雨而長吟恍曩日鸞旂之導遠馭風雲叱咤於嵬岑望之有若哀者陰火潛然陽冰不冶天吳出沒而莫知蝄像慘黯而難寫似雄主卷吞之餘風悲颸颯颯而來灑至於珊瑚日窟鵾鵬天池望之而識其奇也渾元一氣澹泞相泙望之而驗其平也崐崙委輸大瀛環外望之而極其大也蜃樓莫狀鮫室無蹤蓬壺若遠而若近瑤島非色而非空望之而歎其變幻之何從也此皆或由神運或出化功可助冥搜可裨靈通憶鳳輦於陟嶺感玉寫於臨風曾歲月其幾何而今昔收此一睫之中當今乾坤浩蕩清晏呈祥惟河堤之底績及海波之不揚倚中流之砥柱奠渟滀之天綱竊愧東海波臣一介鯫生待秋槎以問渡從精衛而傾誠雖乏賦海之才寔深望洋之情不自揆其難爲言願一遊於夫子之門

茶院記

陳鏞九儀

茶溪無高山大川之奇足以動游士之憑眺邀騷人之記述以故聲稱未能徧及於宇內使人懷壯覽之慕焉余自總角以來其遊於此也最悉其目擊夫形勢也最詳然亦未嘗發其奧而窮其情一日偕同侶數人登金粟之巔遙望諸山其勢若奔聚於其間狀如威鳳翺翔於千仞之上若者爲腹若者爲足若者爲翅翮而金粟則其首也此殆造化之機鍾異於斯賴人有以啓之耳其山之麓有一梁焉名曰招寶溯厥由來父老謂余曰宋以前漕河未闢運艘都經於

此由是而南抵六里堰達瀫川出巫子兩山之間順流數百里東至於海人善製佳茗運者所過皆爭貿焉茶院之名所由遠振也余聞其言未敢深信後遊於長牆之下見夫平原之中有兩石高丈餘凝然相峙不識其何物因訪諸塗人其人曰此閘也當年海運巨艘所往來故此閘名曰招寶余因是徘徊其地尋其故址皆變而爲桑田矣然亦有未盡泯者自閘之南北其田皆卑下此其遺跡之猶存者歟又越數年赴試鄉闈與甬東諸同人朝夕洽比把臂談心詢其山川之形勢始知海濱之故事有山曰招寶巍然特立於明州之口嗚呼相距數百里其名同雖其聲稱之能及遠與不能及遠或不甚類然不至泯滅無聞則一也吾宗聚廬於是適當南渡遷都之際而運道已更其地之列肆而居者盡去而爲邱園矣至於今又嘗見夫力田者恆苦瓦礫焉其於余所見聞但相符云康熙三十年辛未春王二月上浣日書

跋陸狀元資治通鑑詳節宋刊本

畢建元

前年謁外舅陳宋齋先生坐次譚及海內藏書家先生言其故人馬寒中購書不遺餘力嘗過龍山查氏見案頭有宋槧陸狀元通鑑詳節一書（即海昌陳太常廣野先生所藏）並顏魯公祭姪文百計購之不可得快快不樂後查氏謀葬其親所卜吉壤則馬氏田也寒中覘知之大喜曰書可得矣即詣查氏陳說願效祊田之易田凡十畝書券盡付焉查氏始許諾寒中抱書帙疾歸若惟恐其中悔也蓋其篤好如此余時心識之後數年寒中後人浼其友倪君東銘携書數十種來售於余覽其目則通鑑詳節及祭姪文在焉急取視之覺古香古色自來娓人愛不能舍乃勉爲購之回憶外舅所述備書於卷尾以見此書之流傳而入余手爲可慶也書中卷帙間有缺處用別板本塡補之鈔補者百三十九葉撿目錄細勘幷取汲古閣刊本較對確爲完書第當時此書凡有數本其分卷小有不同故所補數卷每於首帙標題有鏟削塡寫處要不足爲此書病耳倪君所携書余購十餘種尚有宋刊李肇翰林志李誠營造法式及薛尙功手書鐘鼎款識

様本眞蹟皆驚心動魄之書也緣索價太昂余力不能多及姑還之今翰林志二書歸涉園張氏薛書鐘鼎本則爲桐溪汪公靑賢所傳過眼雲烟令人戀戀幷附記於後時乾隆十年仲秋重裝建元書

朱貞女傳　　周宣猷

貞正也婦道也此何以女書未全乎婦也未全乎婦奈何待字於家而以其夫守仍繫之以朱從父之義也朱貞女者鹽之澉浦人也父文儀諸生嘉同邑吳生之賢讀其所和秋興八首因以女字焉不可謂非明於擇壻也既而吳生遊學不歸或傳其客死貞女矢志靡他蓋極瑣尾艱辛之茹矣此固天爲非人之所及料也貞女曰吾寧安吾天以毋忘吾所天也非人之所能奪也夫人臣之委贄於其君也朝靑紫而暮鼎鑊史氏且亟道之况夫錚錚皎皎者乃在市井草莽乎此誼高千古矣謂夫未受其恩而先食其報也今貞女之於夫類然而其家之人或不諒只悲夫吳生之族高其義相與迎歸於吳爲能成厥志矣而

貞女白頭完璧而無怨言且爲生之父毋持服余前令武原時鄉先生往往稱述其事因即顏其居以爲風俗勵然則何爲不以烈稱非即死也不即死而誓之以死貞也何以不旌有待也音未確而以旌請非貞女所忍言也若夫綏於旌而靳於詞使無以備他日輶軒之采則士大夫之恥也乃拜手而爲之傳

雙節傳　　姚元模彝尊

雙節者何余妹壻胡鄭芳茂才之兩從嫂也茂才從兄若瑛繼娶於顧未幾而寡若瑄娶於朱亦未幾而寡遺孤俱幼饔飱不給娣姒相謂曰吾兩人雖不讀書然從一而終婦人之義知之素矣其可有他志以辱其身而貽羞二姓乎相與盡瘁操作營葬翁姑疾病相養迭撫其孤至於成立及婚娶俱畢娣姒又相謂曰今而後可告無憾於父母舅姑矣俱持齋念佛以終其身二節婦並爲余妹之從姒耳聞之目見之故余得稔其始末焉夫胡氏自明季以來有孫節母者撫孤守節罄產營兆葬舅姑於翠屏山之陰以弭隱患於無窮而徼厚福於

弗替節孝兼全久已昭昭志乘今二節婦克守曾祖姑之遺風洵無愧於存順沒寧矣所可異者並二十餘歲而寡六十餘歲而終守節皆三十九年何爲乎勤勞相似節操相似而境遇壽數又復相似也天豈有意使爲娣姒類聚之而彰其節乎爰爲之作雙節傳

永容湖秋泛詩序

沈叔埏 帶湖

玩月盛於中秋在唐開元後班班形於篇什如戎昱登樓望月冷朝陽與空上人宿善嚴寺對月陳羽鑑湖望月張南史和崔中丞望月武元衡錦樓望月皆在中秋而詠詩實始於杜子美貞元中歐陽詹邵楚萇林蘊陳詡賦詩叙景曲盡其美而行周一序尤著繼之者南宋劉學箕孫溶柯君衡江漢吳澤浩歌持白晝宵而罷而習之一記尙傳夫古今人玩月豈少哉乃李唐以下厥事尠聞則遊讌之作豈可少耶乾隆丙申中秋余友石颿山人吳熙偕朱淸谷辰應方竹村士高朱柿村烺胡穰園文蔚張文魚燕昌李棟亭龍吉陸咸仲以諴張南

盧愼方玉年豐陸書田鋤經世鈔元瑜陳珠浦著潛樂亭基善及上人實恆泛舟澉湖適大阮耘盧先生東發與上人實智亦來會各志以詩不及與而補賦者其弟子方健庵夢魁共十八人山人來郡以詩示余余讀之體製不一而優游夷愉各擅其勝嘗考志林載許雲村偕孫太初遊是湖舉酒謂曰昔李太白與張謂游漢陽湖改名郎官公今至此可名高士湖矣曾二伯餘年得諸君子復繼此樂平分秋色月夕不虛而擊汰中流舉杯屬客相與勝引俯仰流連要亦斯湖之幸也予故侈陳之以爲他日同遊之約淸風明月實契予言秀州沈叔埏序

列翠樓記

胡文蔚

余家秦溪之濱所居無高山絕壑可以登憑眺作穰園後客之過此者咸以不疊假山爲病予每引之延首五里外得殊觀焉蓋澉浦諸山環列海上者彌東南如城郭然園之隅有屋曰列翠館嘗謂對此眞山色雖平·泉萬歲我無取也

去歲夏陳仰山玉垣避暑來此以室卑宜易以樓且許助余工費之半秋季遂移館於東北數步外前後度方地可藝菊改署爲菊簃隨於其地起樓三間下則爲廊廊之東背牆而北卽菊簃由北廊折而西作小亭俯臨蓮葉東仰山用王子安詩傍爲花潭葉嶼亭東徑拾級而上卽樓兩楹闢爲新月榭俾園之竹樹亭閣欣然與榭交輝映而凡見山處俱拓疎牕中容一几一榻旁置一廚吾友貽贈書籍物玩貯焉閱五月工竣於時春夏之交園列扶疎總翠若帷羃憑欄遠眺則朝嵐夕烟海上九十九峰近在襟帶至平疇風起麥浪粘天恍若身坐萬綠叢中過望雲亭又展一佳境矣且夫天地生物之奇無過於山謂能出雲降雨生氣所鬱四時旦晚陰晴倏忽變態不可方物此其狀山居者且不能得之而顧可以片石坏土成乎然或在城市廣陌之間去林壑遠不得不攝諸險阻刻意布置至於居近巖谷嵐嶂天然而復不能已於人力之爲是將以嶔崟一簣與造化爭奇特抑陋矣今試與客登樓以望凡山川林麓之美可坐收

之指數之中於是而猶以不疊假山爲病譬如對西子之顰而捧心不適增其醜耶余素有山水癖然非知予之深若仰山者亦安能成此壯觀今仰山馳騁南北方將以文章報

國未暇怡情一邱一壑間惟他年得志還山無間車笠策杖戾止便當投轄作十日留子若孫擊鮮治具以佐觴咏白首相知望若神仙不誠快哉是惟滋植花柳遲之二十年後可矣并以所期望者告仰山也乾隆四十五年歲在庚子立夏後一日胡文蔚記

海鹽縣瑞麥記

錢大昕 竹汀

百穀皆麗乎土者也洪範演疇穀不在五行之列而虞廷六府穀與五行並稱古皇貴民重穀以食爲天是以雨暘時若迄用康年而嘉瑞之臻垂於圖牒蓋天人感應自然之理夫豈誕謾而叵信者乎五穀之瑞紀載非一端而麥之瑞最古周頌思文之篇曰貽我來牟帝命率育劉子政引其文作釐麰而釋之曰

釐麰麥也始自天降鄭康成箋詩亦引書說烏五至以穀俱來以實帝命之證然則來牟出於天降非人間常有之麥可知也而劉鄭兩家不言來牟之形許叔重說文解字始詳言之云周所受瑞麥來麰一來二縫象芒束之形今二徐本譌一束爲一來獨董逌謝除館職啓乃用束字然亦未審一束二縫之義今春張徵士芑堂自海鹽訪予吳門言比歲屢見兩歧之麥而去夏所見尤異卽出櫝藏一莖示予予諦視之蓋始爲一本歧而爲兩旋折交結乃歧出而成穗觀者咸詫謂得未曾有予思之良久乃躍然以興曰此非所謂一束二縫者乎夫縫之言夆也鐵銳而向上有麥穗之象焉兩歧相交束以合之故曰一束二縫而許祭酒時表以瑞麥之名自周武王觀兵至今三千餘載史册罕見此瑞後儒遂不曉說文爲何語矣我國家

聖聖相承貴農重粟上軼虞周乃重覩此非常之瑞天之降康豈偶然哉昔漁陽兩歧之謠史家以爲美政之感今海鹽明府任侯惠堂以中州名進士牽絲浙中調繁斯邑經術飾治壹以忠信慈愛爲本而民亦戴之如父母喬事盡力數致休祥此瑞麥也邑士胡茂裁吳侃叔及芑堂皆有記頌及圖大書不一書矣予忝在舊史喜其事合於詩書所紀且可以證說文傳寫之譌故復爲記之以待史官之采訪焉　潛研堂集

瑞麥頌爲太守伊公作　　吳東發侃叔

嘉慶丁巳闔郡麥大熟海鹽冉里山田間生麥一莖二穗里父老咸以爲瑞按後漢書南陽太守鮑德脩起郡學備俎豆又尊饗國老宴會諸儒百姓勸服歲以豐穰漁陽太守張堪捕擊姦猾賞罰必行勸民耕種以致殷富百姓歌曰桑無附枝麥有兩歧張君爲政樂不可支昔者所聞今見之矣竊惟麥牟也侔也均也一莖二穗均之至而和也天地和而萬物遂上下和而萬事理和之時義大矣哉故秬秠一稃二米用以爲鬯禾異畝而同穎曰嘉禾禾曰嘉麥曰瑞一也吾郡號嘉禾而瑞麥之生適當吾公尹嘉禾之二年豈偶然哉豈偶然哉

爰爲之頌頌曰

中田有麥二穗秩秩于嗟均兮蒸于庶物

中田有牟二穗油油于嗟和兮徵在田疇

中田有來二穗偕偕侯均侯和降福孔皆

七君子亭記

吳東發

穰園望雲亭之西偏前溪後坪左阜三面洞闢林木周布曠如也窈如也余每至坐移時輒穆然有契於心徘徊不能去因顏之曰七君子或曰何謂也曰穰園也松也竹也蓮也梅也桐也芙蓉也曰穰園之爲君子吾見之矣蓮之爲君子吾聞之矣松何以爲君子也曰後彫竹何以爲君子也曰有筠桐與芙蓉何以爲君子也曰一知進一知退何謂知進知退曰桐於立秋日一葉落秋之爲言揫也是謂知退芙蓉於十月華十月一陽復復也者小往而大來是謂知進曰是固然矣不識梅之爲君子其諸謂其百花之魁和羹之用與曰唯唯否否

未然也子朱子云數點梅花天地心天地心仁也子言其才予欽其德德其本也而穰園皆與之友而合志同方焉是雖欲不謂之七君子不得也或不能詰以問六君子六君子者咸默然婆娑焉無以辭也以問穰園穰園蹶然起辭勿克堪然亦不能爲六君子者辭也六君子者無以辭穰園不能爲六君子者辭是六君子者誠君子也穰園不能爲六君子者辭而於己則辭之是穰園誠君子也易曰謙謙君子以云七君子夫何疑是爲記

重立阜蘇二將軍廟神位記

吳騫兎牀

海鹽縣阜蘇將軍廟舊在金牛洞側依巖架壑極峻嶒之勢歲久漸圮里人鼎新之艱於攀陟移建金牛山南麓以就夷曠且未悉阜蘇之稱號合二神之像爲前漢將軍冕服落成之日漫呼曰金牛庵迄今且三十年居斯土者幾不知有阜蘇之名矣騫嘗求其故址無碑志可憑慮積久寖就湮晦爰請按察使秦公瀛題額仍其故名曰阜蘇將軍廟而奠二將軍神位於後寢且爲之碑記庶

後之修職方者猶可攷焉按臯蘇事蹟舊志所載間多異同唐陸廣微吳地記曰會骸山是陸華兄弟尋金牛處宋樂史寰宇記因之常棠澉水志則謂民人臯伯通兄弟逐金牛入洞忽不見今譚仙嶺下又有臯王廟海鹽縣圖經載金牛山有蘇驃騎廟蘇名舉字子羽晉驃騎將軍宋高祖嘗夢其神梁時立廟今亦無存蓋臯王卽臯將軍蘇驃騎卽蘇將軍其合廟而祀也又不知始何代要其事蹟俱荒渺而難稽迨宋高宗南渡有祭臯蘇將軍文云義氣同稟剛毅莫儔敵騎來此緣逐金牛牛沒尾掉空回可羞拔劍自刎曾無怨尤亦見澉水志則臯蘇之廟祀尚矣記曰聰明正直之謂神又曰能捍大災禦大患則祀之意二將軍當日必有功德於茲土至今民懷其惠水旱疵厲齋禱輒應可不謂之聰明正直之神哉爰爲識其顚末用正流俗之失云繫以迎送之辭曰

翳明神之懿典肇晉宋而兆祧繇千秋以代降驂丹雘於單椒新宮煥其鼎建松風襲於蘭橑鬱燔蕭其既升兮里社奏夫靈簫神之來兮冉冉怳後蘇兮前

主棺木偏爲葬埋凡此皆所以奉揚

皇仁也澉浦推位讓國四圖各有漏澤園之設日久塋多地將不給因捐置竈山十畝以俟後來之用既又念無主者幸有葬埋之地乃或有主且有地而無葬埋之費誰興是舉先是固始王公愉來任鮑郎鹺使同人以里中多積棺未葬議舉同善會酌助葬費事方草創而王公遽請假囘籍深以未成爲恨事至是復申前議侯卽倡捐淸俸二百金商民咸勇躍輸貲共集成五百餘千置田二十畝有奇計歲收所入凡無主暨有主之無力者咸得將次畢葬窮鄉僻壤庶無尸骨暴露之虞要皆出自侯賜也因思善作者尤賴善成惟有遴選司事以專其任嚴定章程以杜其弊垂諸久遠擴而益大以無負我侯實心實政之施卽以光昭

聖化於萬一也是在同人之交相敦勉焉耳

賢母傳

查人漢 青華

鄞水鎮志　卷十一　藝文

賢母氏沈嘉郡庠生簡隅公女鹽邑諸生南陔公胞妹也在家有孝行年十三失恃哀毀逾成人及長歸同邑上舍樸庵胡公內助惟謹事太翁翁姑克盡婦職娣姒間無片言相忤鄉里稱之無間言焉上舍公卒遺孤五人俱幼教育備至並使業儒遊庠者三長媳早故教育諸孫亦並補博士弟子員生平喜言人之善而未嘗彰人之過祭祀賓客必豐腆而自奉則泊如也兄家中落贍之數十年不替先後出資葬父母並諸兄嫂夫妹喪葬任其資而不吝里中恤孤施材諸會必囑子孫與焉漢與哲嗣香谷素園兩茂才少同學長同游故得稔賢母之行如此且漢嘗竊聞賢母之訓矣其勗子孫也每曰暗室虧心爲第一戒居心公平爲第一要敬繹之餘受益多矣夫不欺暗室謹獨之事也無惡於志體立而後用可以行處心公平求仁之方也強恕而行用行而後體無不立古人所以存順沒甯者胥是道也賢母其生有賢德者歟何其言之近而旨之遠也然後知一生懿行皆從此出以此言教卽以此身教可不謂賢歟道光乙

接人以誠與物無競求其過而未嘗見也蓋其懲忿窒欲遷善改過之功數十年於茲矣然深自韜晦不求人知故人少知之者古所云君子盛德容貌若愚其在斯人與明天文乙未秋彗星見射七公入天市垣射吳越及東海南海先生曰諸海市其將有大患乎大臣必有當其災者後俱驗尤善靑烏術嘗遍訪武林靈巖諸名墓得其遺法有求之者盡心應之既而多吉求之者衆無不盡心應之既而又多吉於是登山臨水日不暇給遂羣以地師目之及先生歸道山之前一年歲在己酉江浙大水年已七十矣謂三江既入震澤底定東江久湮婁淞二江亦多淤塞不濬三江則太湖無所洩將長有洪水之患因作濬三江議欲約同好呈請大吏題 奏行之卒以時勢所難不果而先生濟世之心深矣而後知其平日之爲人相地亦以靜與天游動爲物福其志既不得大遂姑託之小道以稍抒其濟人之願云爾

賢母氏沈嘉郡庠生節隱公女鹽邑諸生南陔公適妹也在家有孝行年十三
失恃哀毀逾成人及長歸同邑上舍樸菴胡公內助惟謹事太翁姑克盡婦
職娣姒間無片言相忤鄉里稱之無間言焉上舍公卒遺孤五人俱幼教育備
至並使業儒游庠者三長德早歿教育諸孫亦並補博士弟子員生平喜言人
之善而未嘗彰人之過祭祀賓客必豐腆而自奉則泊如也家中落贍之數
十年不替先後出資葬父母並諸兄姪夫妹喪葬任其資而不吝里中恤孤施
材諸會必屬子孫與焉余與哲嗣吉谷素園兩茂才少同學長同游故得稔賢
母之行如此且演嘗竊聞賢母之訓矣其勗乎若孫也每曰惜定屬心為第一
戒居心公平為第一要敬繹之餘受益多矣夫不欺暗室謹獨之事也無惡於
志體立而後用可以行處心公平求仁之方也強恕而行用而後體無不立
古人所以存順沒寧者率是道也賢母其生有賢德者歟何其言之近而旨之
遠也然後知一生懿行皆從此出以此言教即以此身教可不謂賢歟道光乙

已九旬大慶演需次中州未獲親視一[illegible]逾二年丁未訃音至演又不獲躬負
土竊冀懿之不朽以所習聞者備記之以誌欽仰之忱云爾

濬三江以免水患議　朱石鑑

東南之百瀆莫巨於震澤震澤定而東南無水患矣禹貢云三江既入震澤底
定是震澤之定由於三江之入海三江者北為婁江中為淞江南為東江三江
者而太湖三萬六千頃之水分洩諸海而永無汎濫矣自唐開元年築捍海
塘起杭州之鹽官迄吳淞江一百五十里沿海港口盡為堵截而東江故道遂
湮沒無考後人遂以二江之不勝其容受也於常熟北開三十四浦導諸江於崐
山東開十二浦注諸海但闕地無人疏浚迨宋慶曆時築吳江挽運路建垂
虹橋而太湖之流不暢於是東南始有水患所恃者黃浦在吳淞江之南與同
出海明夏公原吉於出口處濬而先之開范家浜致成巨川為其時婁淞二江
向能宣洩闕後歷久不治漸成淤塞也 欽奉乾隆二十七年蘇撫莊公有恭奏

詩

秦望山僧舍　羅隱 昭諫

巉巉危岫倚滄洲聞說秦皇亦此游霸主卷衣纔二世老僧傳錫已千秋陰厓水賴松根直蘚壁苔侵畫像愁各是病來俱未了莫將煩惱問湯休

九日遊鷹窠山　貝瓊 清江

忽忽已九日出門淨無泥地偏實斗絕有山如會稽賓客後雜遝僕夫各有攜天風海上來我馬驕且嘶陂陀出險徑窈窕遵迴溪前登譚家嶺始覺華蓋低作者四五人更托千層栖日午叩其戶不愁蒼耳迷欲俯棲鶻巢上凌萬丈梯豈但畏猛虎彷彿聞天雞共燕修竹林落日猶在西相看且一笑四郊多鼓鼙

金粟寺　邵亨貞

聞道夾山金粟寺一如兜率淨居天雲藏衲子煎茶屋春著山翁載酒船打破斷碑何代始種來高樹百年前錢郎詩裏曾相約蠟屐因循未了緣

舟次澉山阻風累日登近岸荒岡僧舍　高啟 季迪

高岸鳴枯桑湖陰北風厲寒濤洶我前幾日不得濟孤舟恐漂蕩石根暮牢繫憂來厭閒臥近寺聊獨詣雀饑殘林空人倦危磴細年荒無居僧樹死石門閉神傷却欲返微霰灑征袂窮冬已崢嶸故國尙迢遞仰看浮雲馳東路阻歸計長歎復何言吾生信多滯

遊金粟寺　徐貢

暫息人間事尋幽到上方白雲分石磴落日照山房松暝鐘聲遠林回蔓草長老僧能愛我具衲漫焚香

武原十二詠 錄在澉境者四首　陳善 敬佐

金粟烟霞

尋僧幾度訪名山步入烟霞杳靄間引素蒼蒼迷遠樹流丹燦燦落晴灣紫芝瑤草長生藥白石青松太古顏引睇頓牽嘉遁意倦禽飛逐暮雲還

覺林夕照

青山寂寂謝塵氛人世光陰易夕曛漁父短歌臨水聽牧童長笛隔林聞天邊淡影明鴉背松杪餘光伴鶴羣記得尋幽遇支遁臥分禪榻半間雲

秦駐晴嵐

巖巒雲堆瞰海壖蒼蒼嵐氣散中天簾櫳隔翠層樓外草樹含陰夕照邊石屋苔封陳迹在祖龍車過昔人傳登臨我欲乘佳興醉筆題詩蘸石泉

溆墅春遊

攜酒曾從溆上遊蒼蒼烟雨望中浮林間梵唄天眞寺空外欄干宣慰樓滄海接雲疑越嶠青山繞郭似杭州醉歸驢背饒詩興東指蓬坊天盡頭

悟空寺　錢琦 東畬

六十年餘五丹心此夜灰有山堪杖履無相著氛埃竹葉和雲掃松根聚石培平生蕉鹿尾一笑不須猜

月泉僧結廬於悟空寺山麓　朱朴 西邨

滄海浩無邊青山斷復連水吞湖面月風度石梁泉我昔狂遊地師今幻住年看花瀹春茗猶記竹林賢

溆浦秋感

秦溪原是海邊洲一集毛人萬夔稠大舶駕風通日本遠洋分島辨蘇州珠犀貿易今無市花月梳糚古有樓欲採蘋香吊宣慰兩湖萑葦不勝秋

金粟山

金粟如來此現身偶來方丈說云云山僧不識開山事指點前朝玉篆文有南宋勅書故云

孝隱村沈元懋國初人夏榮作孝子傳程都憲巽隱爲跋于後

巽隱爲書元懋傳昌黎曾作董生行安豐縣即豐山里今古同存孝隱名

董蘿石以湘竹筒倩月泉僧改製爲冠詩贈雲村雲村舁爲卷索予圖幷

題

蘿翁貯詩湘竹筒長律短章兼古風山僧剖竹作冠子用之不與文具同蘿翁珍重不忍戴把贈九杞髯仙翁仙翁朝來晞素髮一裹霜雪無餘叢哦詩走上天半峰頭項黃王摩青空舉頭西北望京闕白日杲杲明丹衷我將含毫塗作畫更著兩屐捫一筇石邊採芝劚苓爲公壽願公眼看手種紫雲山中徑丈千尺之長松

寄茶磨山許相卿　文徵明 衡山

茶磨高風不可攀高人先我十年閒懶搖玉佩聯青瑣故擲銀魚傲碧山新水旋開田二頃紫雲深鎖屋三間若爲便置蒼生望見說青青鬢未斑

再過皐蘇祠　許相卿

路憶秋風舊時逢燈事殘林深天忽暝春淺午猶寒晝壁蛛絲縵苔碑鳥篆刓自憐蹤跡野到處得盤桓

雲濤莊

江村堪老我寒夜更宜詩縞嶼歸禽訝元機厚蟄知冰潭淸數石雪路漫多歧若箇孤山宅逋翁得擅奇

雪遊雲岫峰

深雪撩狂興長蓑弄晚寒翠凌孤突兀玉拱萬巑岏勢合疑包地塵空愜憑欄野情多僻尙閒處擅奇觀得句浮眉宇抒思入渺漫詩魂淸到骨仙意欲騰翰認路樵無跡題名竹有瘢餘生饒樂事無地著憂端

九日陳芹野鳳山登高　董穀

風日晴妍葉未飛攀躋石磴轉幽微千家山郭臨江盡萬里帆檣與鳥歸再洗淸樽依密樹共看烏帽映斜暉自嗟彭澤無黃菊正喜陳蕃非白衣

初夏　釋戒襄 平野

舊栽岩桂已添枝新闢祇園笋遇籬息念偶同啼鳥歇談空正値落花時年逢

閏月春歸綏雨積深山暑到遲不羨北窗高臥者白蓮結制有長期

郊居九日　釋斯德

閒門秋草澹霜華斷岸浮橋傍水涯空外忽聞先到雁籬邊聊採未開花

游鶯窠頂　邑介　譚秀　璗秀

澄波渺渺兩湖平春色蒼蒼四面明馬首山花向人笑林端僧梵雜溪聲

游覺林寺登伴雲樓懷舊　徐鴿　前峰

昔年曾此借僧居琢玉山中十載餘憩石不嫌蒼蘚滑捫蘿時愛紫條紆春歸竹院頻攜酒月轉松廊倘看書白首功名悲落葉惟應步屧訪眞如

寧海寺

白雲秋水菊花天客子尋幽夜未旋不向衡門嗟闃寂且從僧境話虛圓高楓暗逐霜華落洒調誰將玉箋傳借得山房高臥穩野人去住只隨緣

前題　釋永瑛　石林

須臾寇果臨疾風走沙礫孤軍露南隅三面受鋒鏑雲梯匪一層地道登重甓捷如猱升木多於蟻懸壁穴以穢熏戶臺縱火焚荻相隨八十騎騎騎奮長矝自顧一書生乃當萬人敵援兵絕蜉蚍礮石轟霹靂誰與生厲階失計遂貽慼一星燄不撲燎原衆斯惕兩葉生不除須用斧柯析奈何食肉謀議撫不議擊養癰久必潰累卵危終殖哀哉此邦人何讎委虺蜴效死職所甘智已窮墨翟

吳王廟　相傳仲謀行宮　金麗秉

片帆春水泊危廊大帝几筵野店旁壁上宮娥惟黛粉簾前羽衛只風霜苔封古碣青千匝鳥颭閒門白一行劍閣已鄰祠後主江東猶自憶孫郎

金粟寺方丈前五月菊花盛放同社有作因賦　彭宗因　季親

菊種衡炎陡發生巧分秋色向僧迎花緣天女英飛早香借瞿曇韻更淸婚與葵榴爭爛熳芬披寶相映空明祇園景物因先到莫待東籬九日榮

山村口號　吳麟瑞

澗遠流泉斷續山多畫靄氤氳十里竹香吹雨一畦麥浪翻雲
豆熟鄰翁粗飽蠶忙村婦常飢野鹿愛眠香草松䫻撲落哀梨

綠牡丹

紫玉紅樓未足奇漫將傾國比幽姿明珠可買輕三斛華萼如仙合九疑露濕
黛鬟簾外冷烟籠翠袖竹間窺盃中有物差堪對不道藍關擁雪詩

初夏浴鶴亭即事

桐花初吐燕歸巢綠蔭荷亭草樹交細雨濕烟橫水面夕陽斜翠半林梢淵魚
自適渾忘餌野鶴頻呼豈見嘲安得太平容醉臥盡驅戎馬不生郊

春暮游從吾里園亭三首　劉鼎銘

攜手尋芳徑來游薜荔居摘梅新翠落拭野竹雲疎潮吼環虛壁松風渡小渠
言歸迷舊路香靄襲人裾

南軒古梅

燈火夜離離桑枝滿筐碧長宵伴再眠婦鬢如絲白女爲悅已容士爲知已死
功成潔且白立稿深山裏

初夏浴鶴亭即事

桐花初吐燕歸巢卷幔荷亭草樹交浴罷清池一雙鶴雨餘斜照滿秋梢

過金粟寺　郡丞　龔應態

西方啣一粟來種此山頭雲漢移孤本曇花散十洲心空清似鶴性定懶於鷗
舌底青蓮出香風繞碧流

同錢武子登秦駐山　尤　侗　西堂

孟冬寒未嚴海山淨如濯客懷姿孤往況乃覯朋樂躡屐力既煩進艇道乃邈
雖非縱三鷗聊且駕六駁屈曲躋曾岑盤桓憩蘭若朔飈正怒號巨浪羣噴薄
天陰叫鵁鶄潮鳴上鯖鰐吐氣象丹樓飛鹽似沙漠遙指一點城中流隱城郭
秦帝昔東遊茲蹕駐行幄金革銷榛莽羽衛化猿鶴野廟遺荒村香火慘寂寞

木杯何年渡錫杖自今卓忍殿宏宿構甘泉出新鑿破顏開山手闢一泉味甚甘冽茗柯超元箸暫休解塵縛輿至憺忘歸景移逝將作急鞭隨日下短帽對風落平楚散牛羊空林聚鳥雀回首望餘青暮雲漫寥廓

秦駐山　郡守　袁國梓

秦駐峯頭縱目看望洋何必起長歎百年輿廢青山老萬古升沉碧海寬臺擁金銀無羽翼水連雲漢失波瀾祖龍昔日眞堪笑鞭石安能訪大丹

九日登秦駐山　彭孫遹 羨門

強把茱萸理宿痾筍輿重問此岩阿舊題漫沒荒祠在陳跡銷沉感慨多山徑霜清聞落葉海天林迥見纖羅一生幾兩中郎屐更不登臨奈老何

石馬山 即飲馬山　陸嘉淑 冰修

南條東盡處稠疊衆山橫海氣生秋靄濤聲壯晚晴虛無懸絕島巀嶪表危城飲馬何年事寥寥萬古情

昔年幾度問荒祠一入溪山出每遲樵徑已迷停輦路桃花不減避秦時雲深海島無靈藥潮長春流沒斷碑惟有古原馳道在東風歲歲草離離

始皇美人祠

玉顏曾此侍東巡粉黛開花空復春海月尙懸宮鏡曉山雲時捲舞衣新峰頭毛女遙相憶島外仙童訪未眞一去翠華長不返秋風冷露泣鮫人

秦逕山頭草陸離萬金却恨掩蛾看空勞鞭石塡精衛極望沙耶怨子規十二樓臺雲滅沒三千歌舞蝶參差獨憐徐福洲前月不照宮車晚出時

金粟寺

赤烏僧至古招提千載蒼苔剝舊題畫鼓鄮湖龍戰後法身康會像來西山花不落苔盈砌禪觀無人月滿溪欲扣宗門誰共語松陰萬樹鵓鳩啼

康僧眞像

萬里流沙絕域邊西來猶記赤烏年幻身田里峰頭石毿毿康居雪外天孤月

九日舟經金粟寺有懷張與何汝霖諸子　朱彝尊

秦溪斜田射秋穎幾箇閒鷗自作儔沙圃柳深魚路狹野橋西去竟無人

秦溪訪汪參戎 上饒　朱一是 近修

南望諸峰在參差雲幾重高林秋作客落日正逢君擁酒新亭淚班荊古調文

茲山屢改地海上得潮宗梵剎鯨鐘息深潭隱毒龍朱霞連越嶠翠蓋擁秦松

登鷹窠頂望海中夏蓋諸山　徐嘉言 無方

赤霞臨流水蒲花繞釣舟不見棲鷹處空餘孝廟松風□□□去□□□來

鷹山小一峰屐齒印秋楓樹老青鳥穴臺荒白鶴棲蜀雲明變熟圖翠千樵幽

鷹山 村　吳文畫 萬高

石田浚雨過花深藤洞口雲封澂高極望銀濤湧何處蓬瀛訪赤松

海上青山兀峙峰秦王巡幸向遺蹤翠華何事來荒島俎豆還勞供野農芝秀

秦駐山廟　錢紹隆

飲馬何年事寥寥萬古情

南條東盡處翔疊衆山攢海氣生秋靄濤聲壯晚晴斷碑遺紹邑廢業去荒城

石馬山 即伏馬山　陸嘉淑 水部

霜青開落葉海天林逈見鐵羅一生幾兩中郎屐更不登臨奈老何

強把茱萸理宿疴河汾奧重問此岩阿蓬瀛遙設荒祠在陳跡銷沉感慨多山徑

九日登秦駐山　沈孫適 黃門

金鰲無羽翼水連雲漢失波瀾祖龍昔日眞狂策鞭石安能訪大丹

秦駐峯頭縱目看望洋何必逞長竿數百年興廢青山在萬古汀洲碧海寬

秦駐山　袁國梓 郡守

半空林壑鳥雀回首望餘青暮雲煙變移

昔聞林深響輦輿王氣消沉黃埃逐作煙飄隨日下還情歸風落千峰散千

木杯何年遊錫及自今草殿敗苔荒猶甘泉出新甃一泓 寺廢泉甘山味甜半寺中有井冽洌 古祠遺元

一輪空鏡上五燈光聚白毫前尋師問法無堪語金粟香聞滿院傳

準公塔

石林孤塔覆寒藤香刹拈花禮聖僧梵網自懸初地品宗門獨照昔時燈諸塵不動山雲歛五蘊皆空海日升應向此中尋法喜莫教度嶺問南能

比肩里

風流文物擅江東不羨梁家有漢鴻人笑海魚徒比目里存空井亦雙桐鴛鴦塚近夫差國牛女星分越絕宮總讓少年賢討虜二喬夫壻各英雄

譚仙嶺

譚仙高嶺白雲間亂石蒼苔鎖日閒五色雲封丹竈冷萬年芝雜野花斑神州隔海多靈草越嶠浮空只遠山行把化書巖際讀却忘林月下松關

紫雲山

萬疊雲山繞畫垣不知何處紫雲村平疇高下青林出澗水東西白鳥飜犢子晚歸看海月杏花春冷閉柴關村深却喜無官長晴雨桑麻可細論

徐正字白塔山桃核

南游正字俯滄浪拾得仙桃巨核長試剖大樽傾北斗半分瑤實賜東方潮平白塔浮螺勺石蟯青山減蠣房只有秦源花似舊還堪買棹逐漁郎

雲岫庵　　虞兆清　鑒斯

山盡已無路峰迴見梵宮屏開清嶂曉壤接碧流通鳥道穿天近龍崗到海窮仍聞有鷄犬如在白雲中

鷹窠頂觀日出歌　　查慎行　他山

吾聞堯時十日曾並出城內大水凡九年自從羿射九日落大禹注海納百川獨留一曜隨天旋邇來四千三百七十載朝朝沐浴蛟龍淵登州蓬萊閣泰山日觀羅浮巔文人遊跡往往到鷹窠之頂僻在東南偏海隅荒陋題咏少好事或聽旁人傳率云九月晦後十月朔是時日月行同躔初升類合璧吞吐寅卯

前居民生長此山頂目所覩記云偶然况乃遊人一生或間至何怪欲覯無由緣我來此處觀日出要是乾坤曠蕩之奇觀山高地窮天水連尾閭東洩茫無邊明星有爛黑氣作霧非霧兮烟非烟移時一痕破滿空血色紅殷鮮乍浮復乍沉水底疑被長繩牽須臾湧出水面圓紫金光現扶桑顛自東而西不知幾萬里一線倒射洪波穿亦不知自高而下幾千萬萬丈一躍直上團圓天觀者目眩心神遷却尋雞聲到宿處松窓黑暗僧猶眠

訪歙川吳采山不值　查昇 聲山

秋水乘孤艇沿緣亂葦間時看黃葉落境共白鷗閒林影溪邊屋鐘聲雲外山故人今不見月出棹歌還

訪紫雲宋松歌　吳晞淵

紫雲之松神物護岩壑飂飅經坎坷離離錯立數十本古道參橫若遊邏連錢闇漠氣色枯屈鐵盤拏苔蘚磨此松年月歷幾何兀傲臨風悄誰和中間錯雜宋與明欲辨無從莽紛互摩挲已久次第覓彷彿斑斕認南渡虎踞蛟屈虬頂圓猿猱怒搏臂折旋左撑右拄穴復穿長戟巨矛交短鋋皮僵節溜老不屈鍼芒注戛生雲烟白日還曜迷穹元令我仰視眩且巔野魅山魈匿無迹曾冰朔雪凌逾全羣松拱伏若聽命恣橫距敢滋尤慫大宗巖巖別支庶滄海湯湯阜細泉趙家古物君勿疑徂徠新甫遠可追天生勁質氣自異數値厄會時可悲紫色鼃聲肆猖獗蔽天叢棘高崔巍巨楹細栈中榱桷樗材奮躍爭獻奇安得盡植桐柯石根畝千億萬壑寒濤翦荆棘

青山石壁　吳夔

招要出郭門杖策尋遠眺青山聳巍峰突兀臨海徼危石崩坼餘絕壁成孤峭峻削斷躋攀橫亘出奇妙苔蘚雜青黃藤蘿交拂掉縹緲雲氣中屛障開古貌其下多砥石列坐供譚笑縱目攬大荒波濤方浩浩未果仲尼浮空企魯連蹈陵谷幾變遷千古獨憑弔嘆息風塵昏乾坤入長嘯

金牛山觀米書

石刻伊誰筆相傳是米顚山靈常見護墨妙自能傳洞識遺蹤古碑欽處士賢髫年游戲地回首一悽然

陸司空廟 相傳爲吳陸遜

吳爲龍

司空志業竟誰知古廟空懸伏臘思流水日同亡國恨鷄聲時共夜烏啼軍容自識荊州牧家世還推吳下兒遺愛至今雖食報瞻觀終讓漢官儀 吾鄉多關壯繆及陸司空祠然陸祠止爲村落土神未若關祠之煥赫也

秦山

李榮昌 琪園

峭壁千尋峙海東登臨如在畫圖中築橋浪說滄洲近鞭石空傳氣概雄越地臺城如隱現吳山雲樹靄溟濛祇今武庫吟風雨龍臥長堤一望通

羊山 卽陽山

徐默

疊嶂平蕪列高山此足誇彌門雲半遶石屋路徧斜犢子仙方得羊公化不遐

雙橋五里盡春海重飛沙

馬鞍山

一抹拖螺黛來侵白竹門松花高下照野鳥淺深翻坐月涼秋夜吟鞭逐夢魂王孫何日去不見玉驄存

葛山

曾是羅浮樣何來有葛名寒潭掬瓊液古洞問靑精麓盡田家見峰搖野水明山隣多有塢四面動人聲 山半有石潭水甚甘冽冬夏不涸相傳是仙翁洗藥處

小步山

曲水沿沙岸疎疎白屋多山低鶯滿樹草淺石牽蘿樵徑聞人語孤舟發榜歌霜肥老橡栗策杖一爲過

豐山

空山何處響歷歷聽聞睽覺世林能近引人地不遐海山雲接頂郿舍夜飛花

青鯽紅蝦徧漁翁住水涯

秦始皇廟　鄭時敏 懋公

中原鹿走恨悠悠萬古秦溪咽不流却怪焚書焚不盡至今誤白幾人頭
日暮空山哭子規哀聲怨亂竟何爲須知萬世原奢望莫向泉臺恨李斯

秦山北峰觀合璧　徐豫貞

燭龍無光天地合崑崙若木遙相接海色葱朧夜氣封層巒曉動青蒼躡天門沉沉星漢垂羲和鞭日窺咸池洪濤崩迫混沌鑿二儀清濁分何遲雲螭擁駕雙精一萬古光芒偶相匹碧海中涵赤馭浮銀蟾斜抱金輪出積水紅霞旭影東孤笻凌石坐芙蓉秦皇山北三千丈晞髮雲中第一峰

秦駐山阿看桃花

東阿爛熳桃千樹大勝元都觀裏春碧水山橋通謝屐紅雲雞犬隔秦人林邊跨犢遙橫笛枝上啼鶯獨岸巾撲向花風渾欲醉徑須軟臥綠莎裀

大步山晚眺 山去舍西里許高五十餘丈隤然培塿耳先祖封公葬此長松數千章陰蔭一山遂爲勝地

近水拳山不壓登時時來坐一峰平雲過遠嶺渾無跡風得長松別有聲葉脫露巢村數點笛橫歸犉月初生柴門斜隔寒溪小慣踏芒鞵略彴行

由馬鞍山麓至淡水村

西山斷續水迢迢水曲山迴致頗饒夾嶺松杉穿一徑沿溪村落過雙橋試茶晝永黃鸝轉煮繭風清紫楝飄斜日歸笻堪入畫遠峰幾點淡青描

由古黃山麓至茶園街

芒鞵歸步曲隨溪遠綠陰中正午鷄松塢炊烟茅屋小柘園垂葉上墻低山橋艤聚爭樵爨野市人歸各負擔回首白雲黃鳥界鐘聲遙出寺樓西

讀寧海寺玉峰禪師中興碑感賦 有序

寧海創自宋紹熙中明嘉靖初寺燬玉峰秀禪師重建大殿山門兩廡及宿雲諸堂厥功甚鉅婁江陸太史深爲撰中興碑記惜邑乘不載年遠罕

有知者余偶過披蓁讀之因賦詩存集中冀後之修志者或傳之云爾

相傳南宋古花宮碑記前朝世廟中幾度客來摹姓字百餘年後感流風佛威不免燒空刦僧力能成載造功興廢正須人事在却憐世外有英雄

由寧海寺過法喜寺卽事

綠楊繫艇傍招提初夏尋幽一杖攜野市百家橋斷續溪村雙寺水東西幢高夾峙穿雲直樹古層陰覆殿齊最愛巽瞻堂額字當年良準手親題

法喜寺　陳瑛 少典

亂後閒僧少秋殘古栢高風聲摧石壁日影落寒濤斷樹支橋仄枯藤架屋牢更隨山徑轉海外見纖毛

澉浦城 用進退格　萬高芬

東西堰壩隔川津小販提攜半陸行居雜軍民言各異利兼山海俗猶貧女工麻縷盈筐績戶比鹽觔壓擔呈地僻莫言風土惡兩湖山水足娛人

永安湖

永安春水喚重過三面環峰舊畫圖也有樓臺依北岸不曾花柳讓西湖山非城補偏連海隄以張名可並蘇 湖中有隄邑令張公素仁所築有石刻在 我欲移家來此住自撐篷艇看鷺鳧

文溪塢 一名小桃源

桃源未信人間有塢號文溪衆美兼三面環峰一面海半資田穀倍資鹽板橋流水連茅屋野店垂楊颭酒帘小聚百家成樂土連岡飛翠客衣霑

九日登舍側龜山

九日登高修故事吾曹自愛有家山遮天衆嶺排成障傍舍諸流抱似環三面不教他族處一拳偏與昔儒攀苔紋石繡縱橫滿好作鱗鱗甲上斑

重陽後三日同沈自超登豐山 土人采石崖嶺俱破

連日晴暘不易逢來呼好友更攜筇插籬村落無周道鑿石層崖有破峰三徑

菊松過令節一年秔稻試新春甕頭酒熟君須過補酌茱萸琥珀濃

半潮莽

秦駐山根地頗幽半潮精舍愛山兜迎門一沼圓成鏡穿屋層堦上似樓茶筍我來當早夏橘橙僧約看深秋頻過初地眞吾願定借松寮一宿留

南山 即觀音山　鄭壽平

暖翠浮嵐風日佳插香爭試踏青鞋溪田水涸生魚筍山店笭輕傍鹿柴霤滴冷雲融石乳衫吹香粉落松釵行歌木杪樵相和一路尋幽到會骸

九杞山

穿雲度峽躡泉香一徑紆盤杜曲岡采得幽花斜插鬢滿頭春色愛山娘

野鴨嶺

舟里山　釋體源

盤膝旋入翠微峰破寺清凉憩短笻最好松花春蕈嫩野僧留飯采相供

坡陀四面帶沙汀蠟屐尋幽慣此經曲港環縈平野綠孤峰不接衆山靑閣飛松嶂南林寺金粟寺在南 橋接桑村北岸亭山北有野橋亭子 坏土莫嫌形勢少霜鐘流水儘堪聽

秦山

三峰峻拔俯滄洲賈勇來登最上頭天帶星辰從地轉海環世界向空浮大觀獨擅東南勝險境全憑砥柱留好放襟懷舒浩氣振衣千仞豁雙眸

石馬山 即飲馬山　楊崐 近仁

近山拱揖若迎送遠山退縮如遁藏海上環峰九十九峰峰相接成低昂初從細路歷高嶺仄徑上躋愁顚僵路窮水轉山亦轉石馬聳立排靑蒼開闢何年擁毛鬣叱之不動非王良昂首東向奮齒頰似欲下飲滄浪瞿唐灔澦水出沒巨石萬古危舟航神人之鞭勿遽動恐我石馬越海趨扶桑

舟里山

石磴歷層梯登高俯望低一拳青拔地四面碧圍溪林響鶯調舌崖香麝脫臍探芝人可到遺跡恐無稽

九黃門

萬浪浮天白雙崖東海青騰雲噓蜃氣聚雨逼龍腥石脚危成塹金堤斷作屏篙師驚險惡不敢近揚舲

長川壩

傍海羣峰繞作阿路通漖墅塹山坡數家小聚薪蔬市一壩中分上下河隔水爭舁過客舫連倉競貯遠商艖居民此地稱荒僻祇賴漁鹽贍業多

漖川道中　馬世榮 煥如

淸晨理舟楫發櫂秦溪灣菰蔣沒遙岸沙鷗相與閒悠然機事息澹對開愁顔
迤衍經管葛倚舷看青山譬如塵壒境窈窕來雙鬟冉冉紛秀色駿蝕見斕斑
須臾嵐氣陰杳靄樵歌還素月吐高嶺輝輝弄潺湲安能晦名字往復烟波間

訪吳託園不値

故人行樂去不住釣魚磯倚杖雲生岫穿林月在衣潮來征雁起葉墮亂鴉飛漫負前村釀多言斷蟹肥

水月菴三首

豁眼秋同趣澄心夢欲冰毗邪無可說默坐對南能
淨瓶空不瀉玉杵冷猶春伸指秋潭外離奇一老松
尋源流自活寫照影多圓何處安禪竟蒲團結有年

遊管山

楊柳陰成桃有柎郇烟亭午欲生廚何當便覓勾龍爽爲寫春山蠟屐圖

水月菴探梅　馬洪燦 絅園

禪關晝上野雲消最愛梅花老幹饒水寫明姿神皎皎月移虛幌澹瀟瀟疎聞隔岸鐘微渡冷耐山廚酒屢澆不是羅浮有淸夢青鞵爭便踏危橋

宿夏道士山房

不到豐山近十年淸泉白石爾神仙閑庭一鶴支離立消受茶爐栢子烟晝閉林扉夢醒時雲山相對角巾欹從頭數遍紅塵客總合低眉讓煉師

太白山人鶴田　　鄭柄衡 筠亭

野外新馴鶴山中舊熟田隨行知性癖輸粟見情牽香稻餘殘啄蒼苔分棄捐在陰誰和汝淸唳欲聞天

黃道山　　撫憲 常安

海畔一峰起登臨烟景開風濤空外息城市望中來秦駐雲常叠長墻石不摧幾年勞勸地著屐每徘徊

葫蘆山

誰憐大小一雙珠出雨興雲鎭海隅弱水可通爲島嶼古文堪祕想楷模惠莊剖處知同否鵝鴨蒸時得似無躡屐却思陶學士空多依様畫葫蘆

永安湖　　邑令 周宣猷 雪舫

春波泱漭短堤橫雙鏡浮光照旆旌細雨過溪蘆葉響幽泉落澗稻花瑩千畦喜課農分水孤艇徐看鳥浴晴澉墅戍樓孤月上回看東海跋長鯨

入楓山用昌黎山石詩韻並索朱上舍仲謀許秀才元文同作　　馬維翰 侶仙

欲晴不晴秋雨微斜陽一照秋雲飛泊舟三郎廟前水舉網乍得紅鯉肥垂楊葉落枯荷老湖中菱芡消漸稀蛇跗細路踏十里脚力既倦腹亦飢竹石淸幽此何處小橋逕轉開朱扉溪聲花氣宛夢境絲絲放出茶烟霏長松如人俯道左腰帶卽解寧能圍直亂波濤走天外空靑海綠沾我衣我旋一官向京邸正同櫪馬難脫鞿安得尺寸效　明主山田可買行當歸

入楓山讀書示丕光仲謀 集杜

新詩句句好重與細論文閉戶人高臥摩霄鶴數羣深山催短景荒戍密寒雲

直作移巾几兒童未遺聞

悟空寺 集杜

蘭若山高處高隨海上查野畦連蛺蝶古屋畫龍蛇帖石防頹岸傾壺就淺沙
青冥藤上下細麥落輕花

秦皇美人墓

胡蝶怨沙耶空山草木秋何如徐市女采藥有孤洲

康僧像

胡僧記赤烏西來見大意遺像金粟山漫空落舍利

比肩里

舊里傳比肩深情在伉儷盜誇大小喬一一佳夫壻

揚宣慰妝樓

宣慰開妝閣名花貯幾何春山螺子黛終自學雙蛾

遊豐山歸舟漫述

春衣並脫醉青山踏破蒼苔尚未還大有風香吹不定素心蘭放在前灣
寥落青松十里餘暝烟渾鎖酒人居數峰相向月華白或有仙靈開異書

九日同墨麟元文可與登豐山明日又登秦山作即和墨麟元韻

朱作楫

昨夜新霜點點飛蒼茫野色夕陽微雲開皎月隨波上風急啼鴉認樹歸衰柳
笛聲迷古渡寒楓砧韻搗斜暉携筇拳石支頤坐冷露濛濛溼客衣

新秋墨麟過豐山與灑亭讀書綽旅閣每夜聯句犯曉錄示依韻和之

錄一首 朱權

綽有忘機趣尋盟向海翁雲銜山脊滿秋翦樹頭空黯淡芭蕉雨芳菲茉莉風
意中人在目無語寄征鴻

茀菴訪梅

積雨荒郵霽色新梅花應自倍精神奚奴攜酒靑山道羸馬嘶寒綠水濱雅愛竹林橫瘠骨慣貪古石倚吟身茆亭一角淸幽處縷縷炊烟定有人

澉浦績麻曲　錢載 籜石

浸麻方績麻績麻原是貯大則養蠶娘小則采桑女一絲續一絲論筐不論丈切莫亂絲頭何如紡車紡采葛婦如何葛覃風自古績麻不婆娑乃復有澉浦若無指擘紵烏得腰張機若不買絲去那得賣布歸腰機立兩木生經轉前軸後軸坐縛腰下踏上抽速海灘晴晒鹽夏月勤種田復得腰機織男兒當有錢績麻有女織機男澉浦腰機他不諳大半木棉勝得繭東南女手恰如蠶棉若紗紡寒布多麻如不績夏布何浦上海頭傳唱去腰機歌是績麻歌

摘茶

蘿葛澉水邊分明穀雨前滿籃雲氣馥兩指露華鮮東麓花漊井西崖雪竇泉總來初焙後已聽竹爐煎

雲濤莊是許黃門所築

書愛十年讀徑爲三益開惟應朱樸至或是董澐來松色近先墓鶴聲留廢田杜家灣岙篠合抱見揚梅

紫雲山

唐代有耕女紫雲常覆之入宮非豔色賦命偶應時王者蘭生谷騷人木有枝寄言兄與嫂轒釜亦何爲

春日澉川野眺　釋源瀚 覺海

浦口山如畫潮生復舊痕靑松黃道廟白石紫雲村帆影盤烟島鐘聲撼海門偶經楊柳岸拂面午風溫

孟春茶園道中懷蔣先生

一冬無雪到梅花石隙泉流咽淺沙溪鎖綠楊還過艇草封幽逕莫行車康居院裏飄殘磬冉里山前落晚霞渴欲共譚兮昔事過橋咫尺似天涯

登禪悅寺鐘樓　吳文暉

鳴磬歸鴉集登樓馴鴿逢誰遮千里目九十九青峰返照通虛牖涼烟浮暮鐘籠紗吾豈望題壁半塵封

白龍菴探梅

衝寒梅有信曳屐客忘疲香起不知處磬鳴如與期到門銷俗慮選樹愛疎枝山鳥偏相狎穿林去故遲

登萬蒼山絕頂贈陳山人（即悅高）

矮屋高於樓百尺直從天畔作閒身掉頭似欲避生客垢面不關蒙俗塵短褐長鑱堪送老晨猿暮鶴久爲隣他時耆舊誰修傳紀載端應及此人

過端凝上人房

潭影涵山返照明曆厤依約一舟橫立沙鷗鷺隨禪定出水龜魚候杖聲竹筧分泉疎雨響銅匜紫篆白雲生葛藤椿子全芟却坐覺翛然物外淸

郭氏白牡丹二百年物也花時過訪賦贈主人　吳懋政

淸姿壓斷衆芳妍世澤栽培二百年富貴生來仍樸素子孫看到又曾元榜懸秋圃家風舊（天壽醇良額家中丞秋圃公書）屋擁春雲鄰樹圓（宅後大銀杏樹高十丈許爲城中之冠）洗眼摩挲三嘆息滄波聞說變桑田

過鮑公亭

草色平隄斷碣眠行人誰復憶前賢論功若準西湖例張鮑芳名合並鐫（彭童合志）

康熙十年知縣張素仁與張給諫惟赤開湖築塘舊有張公隄三字碑余童時及見之此隄張創鮑修功績相埒新碑但鐫鮑公隄殊未安也

金牛山　湯衡（晉階）

石屋山南翡翠岑岩前石洞連崎嶔中間僅容數人坐尙嫌淺窄非幽深嘗考洞名所由起兄弟逐牛爲金死從來趨利多禍機吁嗟世人應鑒此

茶磨山

大山巍峩白雪起小山靈秀蒼翠裏九杞山人許相卿掛冠歸來學黃綺松篁

繚繞影扶疎愛客春開櫻筍廚箕穎高風成獨絕年年輸納鶴田租

黄巢街

朽索失馭逸六馬微火星星燎原野萬弩錢塘工射潮虎狼南下何爲者雲山疊疊水迢迢此地從來是樂郊碧血青燐遺恨在至今猶是說黄巢

憶秦駐隝沙虎　吳龍輔

爾雅有遺品佳名補食經芳鮮能醒酒軟美乍開瓶已吸脂膏盡仍完郭索形家人憐癖好封寄載吳舲

憶古橫山蘭花筍

最愛古衡筍春來發嫩芽珍羞配松蕈香味逼蘭花一自離鄉久徒爲遠客夸瓦鐺和露煮羨煞近山家

青天開 頌杭嘉湖道寧公　吳熙

青天開神君來彌山塡谷歡如雷神君在何所乃在湖隄上咳唾落兩湖湖流

何蕩漾神君來青天開神君去修農具君不見青天萬里光熊熊永安湖水流向東

菊籬爲胡茂栽賦

借問竹籬下秋生幾叢菊澹澹對夕陽依依媚幽獨亮無白衣來早晚掩茅屋

瀛洞詩

瀛洞在溆之六里堰側明布衣朱心泉先生所築以接下流之水蓄而不洩吾鄉水利攸賴焉惜傾圮已久莫能修復

粤稽宋李公濬古涇三百陂池紛綺交彎環注阡陌於時武原鄉水利侔鄭白西南溆墅村厥土近廣斥高阜泉無源灌溉急籌畫有明朱先生慘淡意匠役爰相上下流以導往來脉鑿洞設雙扉水發自闔闢外潰入則容內盈出乃格絕殊欹器傾差類撲滿積以此蓄衆流不損但可益吁嗟曾幾時舉目異疇昔古制日以非偏隅地愈瘠一遇歲旱乾遽愁土崩坼我來六里堰杳訪空陳迹

父老爲予言夫人望大澤孰嗣李令公兼繼朱君策一一仍舊貫鳩工及農隙
善哉殊復善恨非霍食責慨然懷古賢凝想緬朝夕

中秋湖上泛月 并序

乾隆丙申仲秋之望邀集同志於溦湖之永安禪寺是夜泛月湖中適遇家耘廬叔偕心如上人鼓棹至初不相謀也沿湖臨海盡歡方歸湖山風月之美友朋觴詠之樂於焉極矣爰各賦詩以傳勝事

萬古中秋月清華直到今灘聲寒正湧山勢夜兼深風物從吾好烟霞共此心
蒼涼陳迹遠勝槩復朋簪

揮麈風生座開樽月在天湖山當此夜懷抱得羣賢雲氣銷龜阜烟光湛鶴田
蓬瀛眞咫尺移席更登船 羣公同泛月詩已刻板藏邑城張南廬先生家玆不重載餘詳比部沈帶湖先生詩序

永豐庵

峰腰遥見寺谷口近聞鐘一徑灣環上羣山左右逢野花明水竹春鳥響松雲

只在人間世烟霞面面封

夏庵梅

花氣勾雙屧週垣取路偏孤清依淨土碎白點空烟古寺無來客深山欲暮天
東風莫唐突留待管芳年

雪中過葱山寺

萬壑寒堆雪孤菴晝獨關遥尋樵徑至乍向石林彎入戶流澌響開軒古木環
曇花飛淨域貝葉伴寒山鐘梵泠泠作烏鴉隊隊還峰頭平可指屐齒力猶頑
坑谷高低出邨陵遠近閒依微見城郭杳靄幾烟鬟天地陰方壯行藏興未慳
蒼茫無限意日夕罷登攀

擬琴操二首 題石颿姪南湖載酒小影　吳以敬 惺仲

湖之水潺潺青山面面湖上環綠楊沿隄弄烟夭桃及春紅欲然人間安所適
盍歸來兮此間駕我蘭舫兮溯彼淸漣遺我塊磊兮樂此林巒流水行雲相對

間扣舷新月下舉酒落霞邊不問山中歲年誰識乾坤物外寬素心如可期往來過兮盤桓 右招隱

湖之水油油舟行面面烟嵐稠狎彼沙禽野鷗花柳迎人如與謀幽期渺何許獨於此乎夷猶　念子蓬窓淸尊自浮念子中流淸歌自謳抱孤賞兮誰與酬岸芷空含綠汀蘭徒自幽慨芳歲兮淹留獨悵望兮爲君愁山中雖云樂邈余思兮悠悠 右反招隱

書永安湖中秋泛月詩卷後　陳玉垣 九閔

重湖百頃占山坳秋淨湖澄月正高如此湖山如此月天留嬉處待吾曹

顧阿瑛詞洵妙妍董生相繼亦流傳山靈自與高人契詩卷迢迢五百年

又　陸以謙 太冲

去年此夕上層臺月照平沙萬里開誰料故鄉朋舊好扁舟湖上共徘徊

鷓鴣楊柳傳佳句高士郎官改舊名試舉一杯邀月影此遊未必讓多情

題南湖載酒圖　朱鴻緒 學閎

南湖之水淸且漣南湖山色如雲烟小船載酒向何處中有山人擬謫仙山人舉杯邀明月顧影高歌動林樾酒酣獨立思蒼茫一片湖光沁肌骨有時放棹携挈豪藏鈎射覆爭分曹雄談快辨驚四座掀髯一笑湖山高醉鄉情興紛可喜醉鄉面目殊難擬丹青無筆爲傳神傳神只在烟霞裏

又　陳樽 俎行

北湖流水接南湖收拾鶯花入畫圖山勢晴搖雙槳動湖聲晝撼一城孤由來此地還文讌何處懷人剩酒爐一葉載歸春色好蕭蕭細雨響菰蒲

又　俞永升 允初

兩湖瀲灩百峰晴夾岸桃花照眼明多少紅塵牛馬走輸君一葉酒船輕

軒軒霞舉想丰姿頰上添毫老畫師一種情懷瀟灑處綠楊篷底獨斟時

又　朱炎 笠亭

詩人高士湖邊住吟興高時載酒來安得人間逢鐵笛一聲吹教海雲開
文讌自來湖上好山圍樹綠水平隄春光會得吟詩意楊柳舞風鶯亂啼

曬海謠 有序

鹽場曬鹽曰曬海海塘下開竇引潮作溝曲曲依鹽田田在石塘內土塘外治之甚謹不容一黍許瓦礫細如粉光如鏡隨丁爲界每丁于田中積土四高中陷以實灰曰灰池池旁有井以積滷曰滷井溝水潑曰曝乾曰灰灰入池漬水入井曰滷滷入竈燒之成鹽團竈之丁依此爲業戴星負日沐露櫛風如農夫之望歲也而商人販夫場吏倉卒亦緣之爲利矣作曬海謠

吳東有海鹽志地詳班史漢封老濞王鬻鹽從此始洞洞起小竇引潮來作溝沿塘犁作田町町橫廣疇漉田細而勻研田平又整田中方作池池畔圓掘井井滷自地滲池灰自田來田溼泥是海田乾泥是灰灰乾必須攤海溼必須曬曬海法搆水潑田日中曬之略乾以木板繩曳攤成勻灰積田中如硬次第歸池滷好始煎鹽煎鹽分有界北場曰海沙南場曰鮑郎塡引付肩販待掣歸鹽倉本縣食鹽用肩販設公堂商人領引販子納稅販鹽引有額額滿土商出錢買之歸官倉以待掣滷缸試鹽滷浮沉視蓮子蓮子多苦心鹽花出海水試滷法以蓮子浮而直者爲滷足沉者薄甚江鄰幾襍志十蓮子爲官鹽爲此也東南船載鹽莫嗟上阪車包葦載莫盡鹽田還有餘越絕書注越人謂鹽作餘

澉浦觀水操歌

吳以誠 成仲

一城如彈支海東控吳帶越形偏雄曩時防海習水戰掀天鼓響波翻空鼓聲一擊戰艦集怒潮應節通呼吸桓桓虎士起船頭浪扶彩鷁排雲立鼓聲再震日色黃海峰離立森開張鵾鵬逐影紛上下天地合勢爭低昂擊鼓淵淵聲未已崩雲倒激銀河水秦柱浮沉海氣中石帆出沒烟波裏嶺騰嶽舞海若驚星斗下降如相迎諸葛但知爭赤壁漢家寧復誇昆明於今承平樂鄉里澤國烽銷百年矣文儒絡繹徧海疆莫僅雄談空在紙倚天長劍氣縱橫對此不覺生

豪情眼看滄海如杯小快寫胸中十萬兵

登天南第一山 郎許九杞隱處　朱棠 南貽

清風挹袪袂岩石獨躋攀不道人間世尚留此一山竹聲紛磵戶松色冷溪灣憶昔彈琴客應同今日閒

海門寺與心如上人對咏　吳連稔 雨潤

卷盡烟雲夜氣澄橫窗一色冷龕燈下方多在朦朧裏收拾空明讓老僧

妙偈本來隨口道禪機觸處不尋思讀師流水行雲句絕勝推敲驢背時

同友人遊鷹窠頂下黃沙塢歸　陳阿寶 石壑

一入深山中峰巒更迴互遙遙望海島莽莽迷歸路詎知轉深塢復有數家住雞聲隔修竹犬吠出楓樹居人頗古樸經營惟田圃對此何限情停策不能去誰云桃花源千載不復遇

太守來 頌嘉興府李公　吳東發

里中一何熙熙昨日心憂今則夷君不聞太守來

有虎有虎憑其威昨何可畏今則非子兮子兮太守來

太守來來湖湄于湖之南湖之北湖之東湖之西秉直司聽是度是稽吁嗟乎微太守之來兮我民何依

城南有二婦

二婦者繆宗美妻陳氏成美妻馬氏也康熙四十年閏四月事

城南有二婦生長在田廬不知刺繡文但解把犂鋤上堂奉姑嫜左右何愉愉還復茅簷下各自撫其雛四月采柔桑提籠村西墟八月漚麻苧言臨門前渠羣居里巷中誰謂二婦殊上天賦生物不遺柳與蒲二婦何聞見所保在蒙愚一朝廬舍焚二婦無他須蹈火救姑嫜並遺襁褓雛二婦已云沒丈夫何區區

迎送蝗神曲

王漁洋居易錄南宋劉漫塘死爲蝗神俗呼爲莽將農人遇蝗輒賽之爲

作迎送蝗神曲

坎坎兮擊鼓蹲蹲兮爲靈舞執豕兮亨羊謝靈既兮羞余觴靈之來兮以馬風蕭蕭兮林下靈之來兮以舟波粼粼兮江頭率子弟兮羅拜去茲螟螣兮惟靈是賴福我兮於萬斯載 迎神

焚紙錢兮東皋烟騰騰兮上青霄靈之去兮何往山青青兮水瀁瀁靈既享兮我心寫飲靈餕兮祠之下日暮兮羣歸兒童扶兮長者平原人去兮風淒淒東阡西陌兮飄靈旗 送神

秦漢十印歌

石但有鼓金鼎彝剝泐銷蝕罕留遺詛楚傳刻不足信遑論大禹岣嶁碑小篆以後變繆篆泰漢銅印稱神奇平生蓄眼罕所見今觀十印神欣怡摩挲三復讀疏記如髮得梳翳逢錍秦印一曰陽官馬官字筆跡亦似宜陽官陽宜殆雙姓氏族譜漏難諏咨古人命名不以疾疾與去疾眞同時某女彷彿是臨女臨古文或作臨此作鄔疑省文上帝臨女義取詩筆勢古勁復秀逸篆文直逼丞相斯秦印止三漢印七孫林容護史失之著作繡衣御史賀武乃外戚封聞熹聞喜漢碑作聞熹當時清節重朝野越二千年名不澌惜哉登也不繫姓非賢太守陳其誰匽湖之德不可泯從來德立名斯垂鮭陽作鮭鄭樵誤穗本作采許慎師乃知寶此非玩物十印不數千金持其小足以證筆畫其大用寄明德思吁嗟自來凡物皆有遇一遇拂拭增光儀小瑯環館今福地印兮羨女長追隨阮元定香亭筆談余遴秦漢印佳者凡十貯以玉晉卿鏤金小字鐵匣作文記之海鹽吳侃叔東發博古能文識古文奇字予試嘉興以秦漢十印歌命題作語幕中入曰此題吳生必擅場已而果然別以漢印一與之曰以此獎實學○按十印一曰陽官馬二曰李疾三曰某女其右字不可識一皆瓦鈕小秦印四曰王賀之印瓦鈕五曰竇武印龜鈕六曰鮭陽充瓦鈕七曰容護私印龜鈕八曰孫林九曰臣登並龜鈕十曰采禁瓦鈕七印皆漢物

九日登翠屏山

百年幾令節辛苦此登臨戚戚平生事悠悠天地心寒潮白塔外落日翠屏陰回首望烏夜茫茫涕不禁

過白雲庵

隔塢見孤庵山轉不知處行行信芒鞋忽與白雲遇

澂浦竹枝詞

二月四日春氤氳始皇廟前人如雲儂家家住歸仁里有酒只祭屠將軍

勸君休歌行路難豐山有女老清寒貞魂不化望夫石化作秦山山上蘭

慈竹灣頭秋正晾西風籬菊兩三家月明試唱董媛句落盡巫山夜合花

日暉橋頭霜葉飛鄔家園裏橘柚肥鄔先生死貽謀在辛苦桐鄉張布衣

題天馬山人永安湖圖　黃仙根 亞圩

林外清溪林內廬秋風古道往來疏名山自是千秋業請與先生比屋居

寄懷金粟方丈心如上人　方夢魁

詩中有畫畫中詩作者幽懷鄭重之吳竹項松零落盡請君留與後人師

門前羣動日紛然金粟高僧自坐禪萬刼盡隨流水去一生好枕白雲眠談經

日伴菩提樹付鉢時開寶座蓮送爾入山今兩載西風黃葉又經年

永安湖春泛

兩湖春水漲載酒放孤篷篙打鴨頭綠橋通雁齒紅鶯聲嬌細雨柳色媚輕風

且向中流去沉吟興未窮

金粟禪院

名山留古蹟野寺悵蕭條鳥靜有禪意泉流無俗囂鐘聲和夜雨梵唱雜清霄

誰繼江潮韻徘徊空寂寥

九日登高　胡以謙

邇來已覺宦情疎每歎爲農我不如今日古衡山下望桑麻雞犬似秦餘

登臨何必遠追尋古廟無人竹樹深四十餘年重到此依然紅葉滿霜林

題孫黼齋秋山策杖圖

杖藜無藉短童扶九九峰頭儼畫圖差喜登臨無俗客不教詩興敗催租

紛綸經笥腹便便富貴由來淡似烟鶴髮冰姿秋色裏幾疑人是採芝仙

丙子暮春偕橫湖馬古田家弟梅溪至若山精舍贈恆公

孫映煜

三入一百九十六攜杖閒行入山谷可惜東風花事闌國色天香開已落山僧一笑喜相迎煮茗清譚頗不俗光陰迅速苦相催它日重來健如鶴

箬山八詠 有序

去余家舍不二里許有葱山爲溆墅九十九峰之一載諸邑圖經尚矣邑志作箬按字書無此字登陟者以其名不雅馴罕有題詠丙寅春夏之交偕溆川王月槎茂才均登是山循覽者久之見其林木葱蒨形似覆笠恍然悟山名之垂當與吳興箬溪一例隨擬八景題與月槎共詠之大雅君子以爲然乎否

龍潭夜月 潭在箬山呂有草庵亦以白龍名○白龍母塚在長腊山後時有白龍來窺必風雨大作

白龍窺母去潭水尚通靈皓月當空照神珠一顆停烏飛時見影草長遠流馨倘遇安禪客談經亦解聽

龜阜晴雲 龜山與葛山相連去箬山最近青山亦名龜山去石屋龜山較遠

一阜培塿耳龜趺自昔聞青蒼涵列宿膚寸吐閒雲春靄山容笑秋清物象分慨然念莊叟俯仰息塵氛

雙橋殘雪 雙橋郎在箬山東麓有酒肆其塘路直通溆鎮

驢背馱吟客衝寒去去遙雪花殘六出虹彩在雙橋水遠晴如畫帘低影若招嶺梅開也未鶴冷語松標

冉里斜陽 冉里山在箬山西

山行回望處冉里下殘陽樹景岩腰轉霞光雁背長僧歸紅葉寺牧返白雲岡地勝全高尚斯風渺綺黃

松濤響翠 白龍庵有響翠濤三字匾

夜捲春濤壯晴看晚翠新香雲團蓋影蒼雪老龍鱗地少長年老天留不壞身
悠然凝聽久爽籟豁襟神

桃隖蒸霞 文溪隖在石屋山南奇秀幽僻儼一桃源

地有烟雲古文溪隖裏花高低沿綠水遠近亂紅霞果熟知何歲林深住幾家
桃源逢咫尺底用訊胡麻

櫓山樵唱 泊櫓樵歌本溆川八景之一其峰甚高洋艘歸望見泊櫓故名

泊櫓山名舊人疑上古樵清歌高嶺徹歸擔夕陽挑問訊來漁牧追隨有鶴瓢
翠微烟靄際風葉宛鳴簫

浦漾漁歌 浦漾廣闊長橋十二洞約三丈餘長漁舟駢集在通元鎮之南

廣浦成漁溆漁家樂若何郎當支屋住疑乃扣舷謌夜冷搴紅筊天晴晒綠簑
長橋足清聽乘月幾回過

贈吳芸父明經

契君若高山思君若流水流水淡以深君子交如此

永安湖竹枝詞

仙人椅上白雲白美人墓前青草青青草一時迷客屐白雲終古靜山屏 仙人椅在北湖蓮花峰上

啄花鶯坐水楊柳雪藕人歌山鷓鴣佳句當年評鐵史阿瑛千載重菰蘆

過恩錫軒 吳本履

經旬不到此瓜蔓滿松棚一蟬吟綠意靜答讀書聲

鮑郎諸友祖餞六里堰感賦 鹽司 董和培

又上飄蓬一葉船詩朋酒友散江天幾篇投贈懷人句滿座慇懃飲餞筵蟻聚
有情憐九月鴻飛後會是何年神交記取沮金石不比萍踪過眼前

和王赤霞九日葸山登高韻 陳迥

在昔泉明與最高家貧自酌謝賢豪何如舊友萸均佩更值新晴屐不勞富貴

原宜同脫屐田園也可等亡毛時開家醞無煩送嘆羨先生樂勝陶

寶綸閣待雨　吳修 思亭

山雨未到樹水雲先滿湖鐘聲沉更續巒影淡如無高閣詩應就遙船有客呼渚風莎草綠間煞刷䴉鳧

題吳耘廬雙魚仙跡圖　張廷濟 叔未

吳眞君祠青山陽宋開禧間志常棠雙魚規文庭中央目驗得之方與王 謂稼堂少園 延陵圖記何彰彰徵詩維魚非荒唐衆乃蠎省字説詳蠡載説文蠎公羊水盛蝗化魚洋洋五穀大熟歌倉箱澉浦湖田高且良紅蓮烏糯箭子黃歲以水澤卜豐穰　聖人在上時雨暘見沛霖雨水泱泱今年定有農夫慶仙祠蹤跡應光昌瑞徵豈止山海鄉維魚維魚大吉祥

又　俞用爨 信伯

活潑靈機欲畫難神仙狡獪竟無端不應涸轍經年伏或恐乘龍作隊蟠從古

桑田原海國錯疑平地起波瀾憑欄忽動濠梁興好倩任公下釣看

又　方豐

雙舄成鳧杖化龍神仙變幻本無蹤漁人休作臨淵羨試看中庭現影重

涸轍何緣活潑生杭丁尾丙宛然呈若非聖水通靈氣那得因時驗雨晴

過皐蘇將軍廟　李聿求 五峯

金牛山下荒祠在野衲休將神像誣千載英雄傳姓氏好教遊客認皐蘇 皐蘇將軍廟俗稱金牛庵里人訛傳已久吳兔牀撰記駁正

雲岫庵觀日出　馬人驥

高標絕依倚拔地含鬱怒羣巒靜拱扶三面海環住天風吹蚤色積氣生雲霧洪濤默無聲勢挾奔雷去須臾日將升爛若錦繡布光燄俄變滅振彩忽騰翥誰排閶闔門獨辟扶桑路天吳戒前導羲馭自緩度坐想心自雄況借江山助安得淩風翰常年翫烏兔

瀲上口號　馬介廉

杜曲雲濤本在山只緣人倦未能還鶴糧已盡鶴飛去綠草白雲空自閒
雙梓墓邊雙雁棲鴉鵲門前鴉亂啼千載榮華誰復見比肩人是重夫妻

九日集同人小飲登葱山　王泰

良友芳辰一笑逢開軒萸酒話重重正愁陶令園疏薄却喜坡公市味濃（時祝雲林攜鳥盤來故云）捫虱何須誇俠傑持螯自可豁心胸醉來乘興登臨去蘭若峰高曳杖
從
籬邊日日是重陽看盡萸紅與菊黃鳳嶺宴寒風颯颯龍沙會古路茫茫煎茶
留客嘗懷陸送酒來賓舊姓王今日翠屏山下敘可能追步曲江觴
木落深山萬景澄攜節得得上崚嶒從他屈曲羊腸險忘我衰頹馬齒增有蹬
難逢高士坐無臺強效宋公登文峰一曲傳千古試問先生能不能
振衣千仞一身高回首災消計不勞餌糗正宜思貫壽題糕不敢笑劉豪會將

自瀲上歸途泊舟茶院憩金粟寺

偶沿招提路來覔金容處古跡遠千年山僧未能語落日解纜去鐘聲泊遙樹

宿萬蒼山錢氏湖天海月樓

斂絕湖天境重樓結構牢烟波三面繞蒼翠百峰高墓向先賢謁（謂錢魯南先生）春隨
野老遨今宵清睡穩一枕聽松濤

金牛庵道中

夾逕松栽冷翠間人傳此是會骸山一庵僧火留堪乞千古金牛去不還送日
薄雲藏晻靄過風幽澗透潺湲天涯不少輪蹄客肯冽枯林學閉關

宿錢氏湖天海月樓　陸樹人　春泉

茲樓聞在昔觴詠多名士憑欄試眺望雲海狀俶傀朝日出荒荒暮霞飛羲羲
懷古發深情俯仰費僂指當年文酒盛湖山競娩美冠蓋無陋色禽魚增旖旎
卽今秋風生欹枕聽遠水好景難磨滅陳迹去如駛逝者如斯夫高山留仰止

潞水縣志 〔卷十一〕 藝文

五十四　五十三

滄洲堪笑傲吾遊從此始

遊秦駐山

昔年祖歸自稱豪壯志欲跨三山鼇萬乘東幸肆澤騷鞭石不渡心徒勞我來望此首重搔拔地上聳巍然高東南一片青周遭齊州指點分毫毛美人玉骨埋黃蒿童男丱女無輕舠仙人何處挹盧遨海日落去風飀飀

又　王維屏 南坨

秦駐山頭春鳥啼秦皇馳道草萋萋美人一去無消息剩有長松舞大隄

又　馬玉墀 龍岩

蓬萊原是無多地莫道仙家弄舌端沙岸條條三十六圖經曾說接黃盤

永安湖隄

選勝來爲千里望諸峯猶似拱秦皇接天芳草一條碧浴日洪波萬頃黃沙岸黿鼉丞相碣東風桃李美人粧蓬萊對面分明是欲向春潮問野航

永安湖畔挈朋遊雲物淒涼過杪秋山意經霜紅入樹水容近夕綠棲樓盤盤折折隄邊石泛泛悠悠水際鷗我欲此中來避世譚仙新築使人愁（譚仙嶺新築礮臺）

寶綸閣曉起　查初揆 梅史

殘夢落菰蘆炊烟已滿湖沙中漁子飯木末野禽呼春雨隨潮上山雲到水無囘頭見溪女雙足白於鳧

北湖山家

籬竹新編翠未舒好風容易到幽居登眺挑菜吠寒犬臨水拗花驚戲魚布穀鳥啼剛種秫湔裙人去已成渠頭銜許署園官長笑乞山靈即拜除

雞籠山尋子修

路聞澗泉聲如與幽人語幽人林外逢泉聲不知處

碧里山晚眺（元建碧里寺見董誌 明徐鴣墓在東麓）　張作藩 春圃

搴衣獨自上高岡樹色蒼蒼稻色黃遊爲西風翻鳥雀畏惟寒露下牛羊前朝

古寺埋深土副憲殘碑臥夕陽不獨秋深傷往事飛烟指點故人庄

馬鼻泉　方溶

小桃源裏一清泉獨怪深藏人罕傳呼吸相通名亦雅山靈埋沒許多年

澹水村雜詠

喬松老檜碧烟浮參政當年手澤留華表鶴歸天欲曉一聲叫破滿山秋 白鶴園秋曉

玉龍斜掛是耶非谷口山腰雪亂飛只有謳吟人耐冷蹇驢短褐慕忘歸 礩頭門冬雪

生長烟波不解愁管山橋外泊輕舟一聲短笛眠初起落徧梅花曲早偷 雩水港漁笛

朝朝霧髻與風鬟欲採頭綱曉入山翻得江南新樣曲一生不敢怨紅顏 北姚灣茶歌

五百仙童去不還孤峯縹渺自年年空中忽見成樓閣應有崇朝雨沛然 秦駐峰海市

淡月微雲數點星老僧猶誦法華經清虛幸不松林隔多少繁華夢喚醒 惠泉庵梵音

辭家萬里客江東卸却蒲帆落照紅今日得交劉處士羨他猶有比肩風 金水堰客帆

雙雙橋影接東西臥柳垂楊不礙低午夜月明看更好澄潭渾似碧疏璃 鹹塘橋夜月

水抱山環別有村林間無數亂紅翻秋風也似春風巧匀染胭脂不見痕 分金嶺紅葉

陡聞天半起濤聲雨過風來翠獨呈有客攜琴松下坐醉翁彈出更移情 石塔山翠濤

詠悅竹　虞嫄

一點貞心古井泉清寒徹骨自堪憐相看歲暮青青色歷盡冰霜戴一天

畫圖秋菊

移種陶家末及秋淵明去後色添愁抱香甘向枝頭萎斷不隨風逐水流

移種春苗愛護周柴桑無主爲誰秋寒芳不逐東風舞豈肯相隨紅葉流 潔字潔嫄

烈女舉人勳之姪女董湄妻早寡詳載董誌

避亂村居　彭孫瑩

徑僻柴門枕碧流蒼茫景色望中收蘿懸敗壁千林暮樹隱寒村萬壑秋城市

蕭條戎馬驟家園無沒菊松愁不堪東望風烟急滿眼塵氛接戍樓 孫瑩字信芳贈使部

侍郎孝起女庠生徐復貞妻著有碧雲軒詩集

新柳　徐妙清

輕黃淺碧映波紋淡掃新蛾瘦一分紫笛嫩寒吹暮雨紅亭小蝶舞春雲燕姬雙帶香初結蠶妾三眠草易薰應是陌頭多惹恨畫眉夫婦故殷勤妙清字雪軒貢生愷元女國子生彭騫曾妻

紅蓮　徐宜芬

異種移來出藕塘田田翠蓋映紅裳不須玉井誇仙品猶勝靈池鬭豔粧曉露半融沾粉溼晚風輕度襲衣香夗央繡罷停針線好倚欄干納早涼宜芬字藩廳鍾元女海昌中允楊中訥妻

點絳脣　虞兆淑

梅綻芳非垂楊烟外低金縷韶華憔悴生怕廉纖雨　繡戶凄涼蝴蝶雙飛去愁如許夢魂無據還在秋千路

浪淘沙庭前玉蘭爲風雨摧損

花氣隔重簾風雨凄然辛姨初放小庭間記得年時花共月一樣芳妍春嫩不禁寒雪壓闌干高枝擬托問青天差喜今年開較晚却又闌珊兆淑字蓉城教授在衡女州同知徐廣元妻著有玉映樓詞稿滄浮子爲作序

澉水新誌卷十一終

澉水新誌卷之十二雜記門

祥異　軼事　瑣說

明嘉靖三十五年四月甘露降秋大稔四十一年夏復降二麥大熟

四十年四月七日雨雹大如拳麥盡損至破廬舍秋冬大雨水禾不能刈爛田中米薪踊貴

隆慶二年正月相傳朝廷欲括童女充後宮民間競相嫁娶貧富長幼多不得其宜者此民訛也

三年閏六月十五日大風雨海溢

萬歷元年四月甘露降

三年五月三十夜大風海溢水丈餘溺死者無算壞廬舍無秋民大飢

十五年七月大風海溢爲災十六年米價騰踊石價銀一兩六錢麥石價銀八九錢秋旱復無年餓殍盈野

泰昌元年穀暴貴掠者四起

天啓元年訛言選宮人鄉民多有童男女相配合者

三年十二月二十二日地震

五年旱損稼無收八月朔白晝星見月傍

崇禎元年七月海溢五年夏秋大旱

十四年蝗食禾民大飢十五年斗米四錢人食草木

國朝順治八年自春至夏大雨斗米四錢五分是秋有大鳥高三四尺許其色青集於龜山之麓衆鳥萬計翱翔嘈雜於左右凡七日摩空而去鳥糞所汚田土如堊林木槁落下有死鳥不計其數

九年夏大旱六月初九日飛雪大寒七月彗星見東南至八月杪方沒十月二十五日黑虹夜見人民驚喧半夜方沒次年戶部覆准免糧有差

十年閏六月二十四日夜三更紅日出東北方大如斛月始昇滅不見

十一年六月十七日夜月生兩耳十二月大雪海凍不波官河水斷

十五年八月初十日寅時大雷雨諸山及秦山蛟龍盡起並入海水漲平地行舟

康熙元年大旱七月二十九日二龍起海中赤龍在前青龍在後身如車輪鱗甲火發

五年六月二十三日亥時有大星隨以小星千餘從西北流至東南墜地

七年六月十七日地震窗扉皆鳴二十日地生白毛大風海溢塘崩八月秦山鳴

九年九月二十九日酉時天開眼

十年夏大旱南鄉大飢七月二十日蝗從西北來飛過城外至長山止三日不傷稼二十二日子時至卯遮蔽星月三時過盡

三十二年自春至秋大旱禾盡稿題免丁銀

四十六年夏六月大旱

雍正二年夏旱七月十八日大風雨海溢塘圮

九年十年蟲災大無禾

乾隆二十年大旱河竭有虎至石馬山傷數人十二月初二日地震次年米價踊貴

二十七年七月十三日山崩海溢平地水深數尺

二十八年元旦日月合璧

四十四年有山狗至海上諸山遇小兒輒嚙其喉負之去至四十六年生育甚夥夏颶風大作始絕

五十年闔郡大旱南鄉河皆涸無收糧免緩有差次年春飢民羣掠富室米價騰貴斗米錢五百文（是年嘉興縣餘賢埭鄉農繆姓婦產一物墮地即遶室跳走其夫持橛擊之應手倒斃唧唧有聲其怪長尺有咫面具人形身黴赤色頂上有一日腦後赤髮一叢約五寸餘此或旱魃是也）

五十九年正月甘露降
嘉慶元年正月九日大風雪冰凝不解秋大有年
二年夏闔郡麥大熟冉里山產瑞麥一莖二穗
三年通元復產瑞麥夏旱秋一夕大雨如注禾大熟十月二十八日夜衆星交
流如織
十七年秋彗星見西北十八年七月苗生螣大歉
十九年夏天旱災秋八月米價騰貴飢民大掠食樹皮草根糧免緩有差
二十四年秋大旱河底龜坼苗吐花盡槁死人民大困糧免緩有差
道光二年秋大旱無收南鄉偏災糧免緩有差米不貴三年夏大旱南鄉苗旱
種不爲災米價騰貴
十三年秋滛雨損稼大歉北郡大飢次年春米價騰貴斗米錢六百人食楡皮
蕨根海荒鹽觔錢七十
十五年南鄉麥豆大熟民困稍紓
二十年淸明前七日大雪
二十一年十一月大雪深數尺河凍不開
二十二年二月白光見西方長數丈月餘滅四月紅毛夷至乍浦大掠復至邑
城又由海道至溆人民驚竄是年免糧十分之二被兵災故也
二十六年六月十三日丑時地震屋瓦傾仄
二十九年夏滛雨不止大水平地深數尺苗盡淹死白田相望冉里山鳴六月
水始退有立秋前後分高處苗補種者略收數斗米踊貴斗錢七百流民餓
殍滿道捐賑糧免緩有差不開倉如此大災南鄉人所未經見次年八月滛
雨馬鞍山青山長墻山南北湖諸山皆崩復大水幸退速略有收民益困窮
不聊生
臨江太守錢琦本姓何洪武中有名貴四者戌都勻一兒甫生三日托同里錢

翁收育長名裕因從其姓卽琦曾祖貴四有先塋人呼爲何長官墓久蕪茀一夕忽現光怪鸛巢其樹巔太守闓捷至自此至今子孫簪纓不絕

雪江秀和尙晚年縛茆勝果山之石門郭公泉側地既孤迥人跡殆絕居久之夜夢陳姓者揖曰西有月巖請觀前生所爲詩且乃求之蓁莽中果得月巖巖刻元人詩題曰雪江陳天瑞與和尙號政同因悵然若有所悟始知釋氏輪迴之說不誣也

馮皐謨未舉前夢跨馬從小柵橋土地祠前過忽顚仆而覺應試至武林夢一節推手其卷跪一大參前云此卷未稱大參曰是可中後揭榜卷果在節推硤江邊公房爲亞卷大參內江高公世彥拔之錦旋時馬至小柵橋祠前果蹶而仆如夢中今於其處樹棹楔表功名所自兆焉

萬歷丙子有張某兄弟者嘗以廉値取其叔某之田而叔貧無以爲生乞貸不已張患苦之謀殺焉憚其子先以計延致其子於家強之飮至醉幽諸別室

殺而沉於河卽其夜潛入其家幷叔嬸而縊之其孫脫走有親韓某者以去草須去根之說進復追而殺之盡焚廬舍以匿其迹里中人咸不平相與訟諸令令不信鞭而遣之已而坊總入首朴之如初焉羣情洶洶不已令乃拘張至訊之不服笞之俄有蛇從梁下墮令案前忽化爲三繞張兄弟嚙其血擊之不去令曰此必冤獄也往其所殺處驗問盡得其情狀於是幷其父子兄弟及與謀之人盡致之辟人情大快而蛇亦莫知所之

吳霍夢五神吏峨冠珮帶登堂皇列坐親拜其下手爇一香香焞焞爲數丈光上屬於室因驚寤而次孫麟徵適生

吳太常麟徵會試初止長安邸時夢身經荒墅一褐衣丈夫冠危冠負手仰天長吟曰山河破碎風飄絮身世浮沉浪打萍往復欷歔不已太常爲之泣下或指曰此隱士劉宗周也既寤且不識劉爲何人及登第升宗伯堂有懸板題主事劉某名愕然心異之卒殉國難豈所謂妖夢是踐與

朱氏吳太常麟徵妻相傳七歲時習浣墮河舉首見崖上朱衣數人呼曰急救貴人適汲婦至拯之得免忽不見崖上人以太常殉國封淑人兆有在也

曹小二蠻者丁亥春應募爲兵征江西戊子逃回辛卯七月初忽喃喃曰非我一人殺汝汝何獨尋我至暮狂叫絕痛絕聲震鄰戶啓扉視之流血淋簀抽刀刺喉以手作援筆欲書狀與之筆札書云我在江西殺二節婦今追至此因在彼時曾得銀二兩放活十人故得未死迺於血汙中取刀投出曰汝可去尋頭目來越數日始知痛進勺飲聲啞啞如內豎詳述其事曰初破江西擄二婦夫王孝廉孫小二沉之江其二婦一妻一妹也長號請死以身奔江中不得掠置艙底數日軍中下令不許留婦女小二恨其不受淫也與什長共起刃之二婦忻然曰脫苦矣頃二婦魂來云不識汝姓名故尋汝三年賴土地引至此又數日叫死

五代時錢鏐出平水奇兵屯豐山先是鏐與黃巢戰縣南葛山至今有黃巢衖爲伏兵處則錢之屯豐山者是也 仇俊卿志

余家舊藏顧仲瑛詩帖一紙乃次韻劉孝章治中邀夏仲信郎中遊永安湖詩二首字畫絕工楊鐵崖先生嘗和之中有一聯云啄花鸎坐水楊柳雪藕人歌山鷓鴣極爲鐵史所稱許仲瑛家饒於財而豪俠不羈詩筆乃其餘事中吳楊禮曹支硎先生跋其後云吾家鐵先生平日豪氣塞雲漢未嘗輕易假人以稱可語今爲仲瑛拈出一聯低頭遜避乃知先生目中自有人也 朱存爵存餘堂詩話

州少年多善歌樂府其傳皆出于濈川楊氏當康惠公梓存時節俠風流善音律與武林阿里海涯之子雲石交善雲石翩翩公子無論樂府散套駿逸爲當行之冠即歌聲高引可徹雲漢而康惠獨得其傳今雜劇中有豫讓吞炭霍光鬼諫敬德不伏老皆康惠自製以厲祖父之意第去其著作姓名耳其後長公國材次公少中復與鮮于去矜交好去矜亦樂府擅場以故楊氏家

僮千指無有不善南北歌調者由是州人往往得其家法以能歌名于浙右云姚桐壽樂郊私話

金粟寺有康僧會身像余于至正癸巳始得頂禮明年春余以伯兄見背到寺禮懺復與潘廣文澤民檢發唐代所書三藏然零落過半惟華嚴法華楞嚴寶積維摩長阿含及諸律論之半猶完整不壞翻閱踰旬忽于晡時作禮像前見像眉間有光須臾光若白線嫋嫋而出盤繞華蓋面上余遂鳴鐘聚僧稱佛名號禮拜讚頌至暮而光復從眉間收攝人人嘆爲稀有澤民因作放光記紀其事樂郊私語

許相卿讀書黃山中一旦大雪見籬落間杞樹著子如紅雨移植中庭旬日發條九枝遂自號九杞山人

許九杞將葬父擬得名輩題主人舉當時尊貴者爲問九杞云公等特論官耳世間高官自不乏顧無若朱西郵老布衣無軒冕罪過耳卽爲嚴禮泥首其

門懇其臨喪次成禮賢豪舉動與流俗不同如此九杞臨沒自爲墓誌賢於乞人諛墓者尤遠矣

夏文愍之再出也道經嘉禾以書致許九杞與決進止于時藩臬郡縣艤舟祗候道相望許葛巾荔帶刺一小舠詣夏夏問許僕此出何如許不答第言可惜李長源却受觀察判官夏正襟起謝曰便當疏辭以奉明教須臾撾鼓迴帆顧諸祗候一時星散去夏憮然遂不果辭卒及于難

許大理檣卿少受經于從兄黃門公公督之甚嚴既長受室稍怠則長跪譙呵之訖成進士檣卿至老每侍黃門端坐鞠躬不敢廢弟節又黃門異母弟桐卿居常事伯兄甘毳必以薦晦朔衣冠以拜黃門性嚴重兩弟事之終身如父許星石家傳

馮參政臯謨既平張璉遂不出閭居三十餘年頗廣田宅宅最迫者二舊鄰也鄰固請售參政曰某不敢謂盛德不忍故老去某鄉居故里出門便有一二

故老殊善幸各相安但有鵝鴨可憎緩急可通不妨時時相告也二氏頹垣舍短飽煖並立云

吳磊齋年十二同學相聚嬉弄或身狀古人故事以爲笑樂強磊齋一爲之乃擬宋文丞相對詈孛羅狀詞氣慷慨傾動左右擬孛羅者致慴怖不能持局促而罷

磊齋讀書質甚魯艱于成誦發憤興蹈海之念步至海邊見有數丐割雞聚飲時方孟冬有瓜果諸物心異之方注視間一丐忽翹首視公啞曰此自經忠魂何爲乎來哉因擲一雞首與公曰姑啖此不必問諸水濱矣公接而噉之忽心地豁然開朗方欲致謝羣丐忽不見從此過目成誦登進士第卒殉甲申之難羣丐蓋仙人也

磊齋家居時値歲荒旱民生糠豆不贍委棄童齡塞路乃鬻郭外田加假質畜米菽若干鍾收羣兒于路爲糜僧寺身督奴御偏授之饘以葆蓐宿之或瘴

熱作厲兼製善藥且禜禱于神爲之請命遠邇襁負至者日千餘人其父母來者抱持泣曰汝豈有父母耶已而歡呼感歎聲動閭巷迨麥熟相繼攜去無歸者更留養之全活不可勝計

吳麟武號耐菴磊齋弟以氣自任居城堞雉傾盡人虞盜多思轉徙官無問者公慨然謁備兵大夫指畫利弊大夫試委公公受命而退步亭堅壕池丈尺之數召父老於廟集議圖之炎熇蚤夜不少廢工成則公家金不足半出私貸以補之閭戶頌其功不朽而諸大夫縣長者凜凜敬禮號奇士以貢歷仕至饒州別駕大難作率妻子南抵會稽獨謁丞相涕泣陳事授兵主政俄而軍潰主浮江不知所在乃舉家登舟涉海祝曰吾君未亡當從事得濟者風南向吾父母未葬當歸以有待者風北向既而北風作歸遂斷髮遁隱于溆之北山客至接甚歡手滌茶器以飲之或坐而命酒越二載卒

董雲驤字紫冐南都既亡渡海入閩中登閩榜授行人考選吏部主事數上書

言事忤鄭氏隆武出亡走桂林依同年司理以居鬱鬱病卒司理以遺金買地葬山寺順治壬辰雲驤之友查培繼任東莞夢雲驤角巾握手道故曰吾今得偕子歸矣已而東莞一孝廉上謁曰明府文章海內莫不誦習至于明府爲人敝友董紫冒稔悉之矣查驚曰先生何從識紫冒曰同榜也曰今安在閔然曰已作古人矣悉言其始末查遂飛書招其子來而桂林司理適以他事至東莞與之言相符捐金遣其子入粵西迎喪歸自是乃不復夢

六梅居士詩好用雙聲疊均如云桐子離離晝色暝桑麻雞犬點秋亭桐離點亭首尾間應也色桑暝麻紐應合應也爽氣自天來登臨萬木哀天來登臨紐應也氣自萬木首尾應也妙謠飄天籟靑蓮透碧蘿謠籟蓮蘿間應也飄天透碧互應也當時士大夫知雙聲者鮮而居士能之最可敬愛

山村游食羅取鷹呼爲鷹戶假採捕名爲鄉里害邑宦查給事培繼疏罷禁之彭量合志

重修鹽法志引舊志云先是鮑郎場煎鹽積用鍋煎鹽皆堅韌不可用 國朝江文魁孫永請以盤煎竈商均益案常志有人多盤少之語董志有團盤之語胡氏圖經云鮑郎場盤二百二十九鏟據此則鮑郎之用盤舊矣攷舊鹽法志鮑郎場盤一百五十九副今志鮑郎場盤一百六十一副數皆少於舊蓋喪亂之後鬻盆無存積用鍋煎後從永請而續設耳

仁和狄明善舟至澉浦見酒肆顏曰天香毓秀有麗人與之綢繆而別再往但老桂一樹而已

乾隆辛未南鄉歲大歉收瀕海竈民販荒鹽爲活場使某以拒捕告大憲以兵至時邑城朱翰林佩蓮里居馳馬途次以百口保澉民事得寢

吳侃叔東發老諸生也博古能文嘗謂石鼓文章句謂石鼓文中有次章即用首章之前半重疊讀之如毛詩之例徒因刻石簡省不重書刻之耳所言頗爲前人所未發阮元定香亭筆談

嘉興有二吳吳澹川可謂登高能賦吳侃叔可謂鑄器能銘同上

吳江字耕隱獨匯涇人充萬石勦捕歇案強盜曹子英等槪邑稱快宏治十年卒子本府庠生

案劉氏家乘賢女適本所昭信校尉任祚意卽二十員之一也大約後以無傳職除其一不可攷

鄔天則本姓馬先世居海昌明興恐禍及易姓名避居澉川氏爲鄔鄔从烏从邑猶自言烏邑也其後有名質名魯俱以孝稱至天則欲復故姓而不果

括蒼劉伯溫善形家言昔嘗於海鹽橫山把臂謂余曰中國地脉俱從崐崙來北龍中龍人皆知之惟南龍一支從峨嵋竝江而東竟不知其結局處頃從通州泛海至此乃知海鹽諸山是南龍盡處余問何以知之劉曰天目雖爲浙右鎭山然勢猶未止蜿蜒而來右束黟浙左帶苕霅直至此州長墻秦駐之間而止于是以平松諸山爲龍左抱以長江淮泗之水以慶紹諸山爲虎右繞以浙江曹娥之水諸水率皆朝拱于此州而後乘潮東出前復以朝鮮日本爲案此南龍一最大地也余問此何人足以當之曰非周孔其人不可然而無有乎爾吾恐山川亦不忍自爲寂寂若此也梁郊私語

澉浦常積倉今南門大街東首有倉街進街至倉河塘北卽其基址也移造新倉今西門內倉基上臨內城河卽其基址也

澉浦千戶所歲造軍器今城內東南隅有鐵匠營南門內教場有周園是二處或卽當時鎔鑄之所與

小街有局前河相傳久矣土人莫知命名之義攷常誌有鐵布軍需場鐵布舊屬鎭稅淳祐九年浙西安撫使差官下鎭置局至今而局前河猶仍其名

嘉靖三十二年以倭警募民爲兵因設陸兵一營卽今青山下陸募營

萬歷二十五年巡撫劉元霖選軍餘更立右營卽今城內西南隅邱家營案選用軍餘給發口粮先是嘉靖三十五年百戶余騰蛟曾請命于總制胡宗憲

允其請然猶未立營制也至是始立軍餘右營佘氏世居邪家營或卽當時營屯聚集之所

趙靑天碑在永福院後殿中庭爲溆地高阜不通河路四方客貨至鎭西北兩門脚夫肩運入城向例西門至永福院南止北門至永福院北止毋許攙越曾立議單爲據不料康熙三十九年兩班脚夫攘奪鬥毆各相越界以致各店貨物堆積六里堰上遠來商貨聞風裹足城内仰給百貨阻滯不進貽害地方不小於是店戸陳賓虞等呈詞邑令趙公嚴申禁約仍照舊議各守疆界毋許攙越事平爲立石垂之久遠以息爭端

趙公名世祿鑲紅旗人歲貢

溆城東門内有康家橋南門内有賣魚橋西門内有蔣家橋北門内有丁家橋今康家橋丁家橋蔣家橋尚通水惟賣魚橋已湮沒（案此四橋均傍城下四門内城河水相流通也）

葛山在溆城東北其山卑猥而所踞地亦僻陋人罕至惟石獨堅白與秦駐豐雅諸山所產不同萬歷丁亥秋有築塘之役議者遂欲開此山採石業設官鳩工矣明年己丑正月中忽傳山有銀礦翕然聚觀然其石皆碎小銀星而實無礦脉重不滿分釐煎之十無一二有司以礦砂微薄不欲開利孔爲民害閉不以聞幷採石而禁之事遂寢因記之以杜他年之妄覬者（崔嘉祥記事）

禮運山出器車注云器謂銀甕丹甑晉時恆山大樹自拔根下有璧玉皆光色精奇正德甲戌吾鄉硤石友人沈拓於紫硤山土中得異石無數有如斧鉞者圭璧者方者圓者方而長者厚僅二三分周圍口尤廉薄各有圓竅竅皆倒穤黃白黑綠各不同光潔工巧人爲有所不如見者皆以爲霹靂砧而藏之豈卽器車之類乎（董穀碧里雜存）

金粟寺藏經昆弟五人萬軸疾書如一手然無可分別菩薩化身也勝壓五天諸龍迴繞而前爲官者某見匱而擕其數卷以去邑遂爭取相繼一空未幾邑困島夷某亦暴震以死（浪雪

海井市有物如桶而無底非木非竹非鐵非石既不知其名亦不知何用凡數年無問之者一日有海船老商見而駭愕有喜色撫弄不已叩其所直其人亦黠駔意老商必有所用漫索其直三百緡商喜償三之二遂取付之駔因叩曰其實不識爲何物今已成買勢無悔理幸以告我商曰此至寶也其名曰海井尋常航海必須載淡水自隨今但以大器滿貯海水置此井于中汲之皆甘泉也平生聞名于番賈而未嘗遇今幸得之舊出使朝鮮琉球等錄並無此物今志之以俟後之出使海外者可覔之以行也仇俊卿志

石帆村所出晉宜春王墓磚滲水不可作硯須投之井中數十年方可用祝兼山初陽硯譜

洪武間會骸山中有老魅攝村中仇氏女夜珠去夜珠念觀音大士得救出事或未足信雪牕談異

宏治甲子邑令王璽葬子金粟山上輸俸于寺令內三畝爲官山東吳地南袁家園大路北錢山西錢山脚落至大路有碑記曰璽視篆之二載爲宏治巳未六月四日生兒因名海生性頗慧璽甚愛望之壬戌冬十月十有五日病痘遽不起璽哭之慟厝于公署之東甲子璽陞知德慶州事乃葬之金粟山西麓山之前故爲寺托寺僧守之又其北有訓術何旦南有部民陳源其兩家子弟皆愛戴璽者豈無推愛海生爲之禁護其損侵者耶於戲慧之蚤命之夭墓能永存亦方乎耆老王公於邑有惠政備記之仇俊卿志　國朝何兆辰詩棠梨花暗鷓鴣天漠漠雲封百廿年古碣摹殘苔蘚落一回憑弔一潸然四齡公子未成殤長共山靈伴夕陽半畝白楊期勿翦他時留取比甘棠

天啓中有掘邑城北門外冢得墓碑迺是宣德中廣文沈盛墓有誌銘莫用行撰莫布衣能文爲張靖之所推許邑令樊公允宗罪發墓者爲改葬之邑人鄭端允有詩吊云古木雕殘陌上墳袁猿聲慘不堪聞憐君今日知名姓好事爭傳竁石文盛係豐山望族百餘年間墓久荒竟無知者可慨也夫

海市城郭人民樓觀猶登州也惟城中牛馬出則大水嘗見于秋康熙庚戌二

潑水樂譜書　卷十二　六十六

月二十五日雨初霽忽見有若堡者若松林者若城垣雉堞者于是若堡者變而爲亭林木者爲楕山若鞍城垣雉堞長亘而爲橋橋之上若二人扛帷轎而徐徐若行又有山正方如屏者析其角而矗然爲單峰如筆于是而亭者復爲芝芝蓋爲蓋蓋爲盤盂皆有附承之業業然如籩豆楕之山半析爲二一伏一踞者分焉于是與盤盂皆又爲亭而正方之矗然者爲亞字又爲員又折爲峯而盤盂楕山之爲亭者又爲腰鼓而橋不可復見矣惟歷歷如碎石折爲峯者仍正方也諸爲腰鼓者爲飛蓋矣正方之上爲人獨立焉或曰正方者名鐵山其先爲堡爲林爲城堞者曰鬬牛山自午至未之末杳然沒焉節錄魏際瑞海市記自是以後亦時見于秦駐青山之左右海上人每遇之

萬物之生得水而滋惟苗爲甚人之養苗自耕而耨而穫未嘗一日可無水也萬歷乙亥潮溢溝澮皆鹹故不可車水而待澤于天其雨澤所不周者即不盡稿僅僅半收耳間有車水而速其斃者比比皆然惟一老農日車水而苗

不稿視他植且特稔收息倍焉或怪而問之則曰夫水之性鹹者每重濁而下沉淡者每輕淸而上浮得雨則鹹者凝而下蕩舟則鹹者溷而上吾每乘微雨之後輒車水以助天澤所不足必使其盈且溢可爲持久計又于夜靜時時繼之不使其涸以故吾之田自潮溢以來未嘗一日而無水水與雨相濟而濡故嘗淡而不鹹而苗亦嘗潤而獨稔是苗之稔稔以人也非稔以水也廼知善濟變者天不能災善養物者時不能阨斯農也有天巧焉進乎技矣崔嘉祥紀事

丈量舊有跨水一弓之說殊不得其解因詢之父老云凡高鄉之田圩岸之外尚有堋灘雖不能藝黍稷亦可刈草栽蔬故以一弓跨之非眞以水爲田也若低鄉水與岸齊者亦跨一弓高鄉于堋灘外復跨一弓眞無謂矣偶閱擣堅錄記成化初邢宥爲蘇州守以民多隱田立丈量之法有投邢詩曰量盡山田與水田只留滄海與青天如今郡少閒洲渚寄語沙鷗莫亂眠邢爲廢

法今康熙乙巳淸丈各屬圩長有欲逢迎當事者每每跨水一弓以期溢額奚止洲渚不遺乎故備陳之以勸後來者慎毋以此法厲民（屠延禧跨水弓說載郡志）

仙詩雙雙魚水已千年尺地於今尙有緣莫道沉淪眞異蹟飛龍直躍上靑天

嘉慶乙卯暮春吳小山朱笠漁扶乩于巽峰閣適李青蓮降壇同人請詠雙魚仙蹟乃果獲留題逸情雲上斷非喫烟火人所能道也　國家以孝治天下文教蔚興是以千古之神仙孝子亦有所感格遂致發見昭著如此

戊辰春顧琴五及同人扶乩于雲岫庵徐文長降壇命詠永安湖上觀桃顧先成七律前四句云墻頭忽見一枝橫散步尋源逞晚晴隔岸繽紛春色富環村繚繞亂紅盈乩代爲續云空翻錦浪沙鷗醉遠襯榴裙白馬輕歸囑韶華休盡放含葩留豔待清明

海鹽之山聚於澉浦並無出銅之山伊郡志物產門載吳東有海鹽章山之銅下注漢書食貨志攷漢食貨志本無此語見於地理志即史貨殖傳所云吳東有海鹽之饒章山之銅是也章山在寧國府廣德州今以漢志删之饒二字遂誤仞海鹽爲今縣名因以章山爲鹽邑出銅之山又改地理志爲食貨志當時修志諸人疎謬至此較之坊州杜若殆有甚焉

澉水新誌卷十二終